www.tredition.de

AF216759

N. S. H. Spieker

Der Mann auf der Bank in der Sonne

Kurzgeschichten

www.tredition.de

© 2021 N. S. H. Spieker

Verlag und Druck:
tredition GmbH, Halenreie 40-44, 22359 Hamburg

ISBN
Paperback: 978-3-347-31869-4
Hardcover: 978-3-347-31870-0
e-Book: 978-3-347-31871-7

Kurzgeschichten

Die folgenden Kurzgeschichten und kurzen Geschichten sind rein fiktiv. Alle aufgeführten Personen sind künstliche Figuren und allein der Fantasie der Autorin entsprungen. Jede Ähnlichkeit oder Übereinstimmung mit lebenden Personen ist rein zufälliger Natur und wurde von der Autorin nicht beabsichtigt.

N. S. H. Spieker

Schwäbisch

Ich bin mit einem Schwaben verheiratet. Was das wirklich bedeutet, habe ich erst nach Jahren begriffen. Und ohne ein Klischee bedienen zu wollen, muss ich zugeben, dass es tatsächlich Unterschiede gibt. Also zwischen mir und meinem Mann. Oder zwischen Nordrhein-Westfalen und Baden-Württemberg, denn da komme ich her und er eben aus dem Südwesten des Landes. Und wir sprechen nicht immer die gleiche Sprache. Bei einem meiner ersten Besuche in der Familie meines Mannes fiel mir auf, dass meine Schwiegermutter morgens beim Frühstück etwas erzählte und sagte: „Und der Radio war sehr laut gestellt." Irritiert nahm ich diesen grammatikalischen Fehler hin und enthielt mich höflich eines Kommentars. Bei einem anderen Zusammentreffen sprach sie von der Butter, aber nicht im korrekten Genitiv, sondern im Nominativ. Wieder schwieg ich, aber an diesem Tag sprach ich meinen Mann abends im Gästezimmer auf die sprachlichen Entgleisungen in seiner Familie an. Etwas pikiert erklärte er mir, dass dies eben dem Dialekt geschuldet sei und ich mich mit meiner Kritik mal etwas zurückhalten könnte. Nun sind meine Schwiegereltern schon verstorben und mein Mann und ich sprechen zuhause ohnehin nur Hochdeutsch. Ich kann gar nicht anders reden und er darf es nicht, jedenfalls nicht in meiner Gegenwart.

Pflegerin

In den vergangenen Jahrzehnten habe ich die Bekanntschaft mehrerer Schwägerinnen gemacht. Durch die Heirat mit dem jeweiligen Mann habe ich sie gratis dazubekommen. Einfach so. Nicht alle auf einmal, und das war im Nachhinein betrachtet auch gut so, denn sonst wäre es wahrscheinlich noch viel komplizierter geworden, als ohnehin schon. Nun ist eine Familie ja eigentlich eine schöne Sache. Unterschiedliche Menschen bereichern häufig auch das eigene Leben und so ging ich die Angelegenheit, trotz niederschmetternder Erfahrungen in der Vergangenheit, bei jeder neuen Heirat positiv und mit viel Enthusiasmus an. Eine meiner Schwägerinnen war Yvonne. Sie war unverheiratet, hatte keine Kinder, lebte alleine und war etliche Jahre älter als ich. Yvonne gehörte zu den Menschen, die keinen Rat von anderen brauchten, weil sie selber immer alles am besten wussten. Und so war es auch nicht weiter verwunderlich, dass sie, als die Schwiegermutter alt und gebrechlich wurde, sich ohne Absprache mit ihrem einzigen Bruder und mir, ganz alleine um die Organisation der Betreuung und Pflege für diese kümmerte. Nicht, dass sie Zeit gefunden hätte, einmal persönlich nach ihrer Mutter zu schauen und vor Ort für diese zu kochen, waschen, putzen oder sie zu duschen. Nein, aber sie organisierte alles mit Fremdpersonal und teilte dies anschließend ihrem Bruder telefonisch mit. Dabei konnte sie nicht umhin zu bemerken, dass sie offensichtlich als einzige in der Familie Verantwortung für die Mutter übernähme und dies ja nun bei Licht betrachtet ein recht trauriger Umstand sei. Sie hatte also eine Dame aus dem Ausland rekrutiert, die ihr für diese Arbeit und Pflege passend erschien. Finanziell betrachtet stellte diese Entscheidung auch noch eine wesentlich günstigere Alternative dar, als eine Lösung mit ausschließlich deutschem Personal. Mit dem Gefühl, mal wieder alles richtig im Leben gemacht zu haben, fühlte Yvonne sich ausgesprochen gut und erzählte bei jeder Gelegenheit Freunden und Verwandten, dass sie allein sich eben nur in der Familie um die Mutter sorgte. Die

Dame aus dem Ausland reiste pünktlich an und wurde bei der Mutter eingesetzt. Weil mein damaliger Mann und ich in Telefongesprächen mit meiner Schwiegermutter nicht so recht herausfinden konnten, ob diese mit dieser Pflegelösung nun zufrieden war, beschlossen wir an einem Wochenende, uns selbst ein Bild vor Ort zu machen. Wir fuhren also an einem Freitag auf die Schwäbische Alb. Am Haus der Mutter angekommen, klingelten wir und warteten darauf, dass jemand öffnen würde, aber niemand kam. Wir klingelten ein zweites Mal und dann noch einmal. Aber wieder passierte nichts. Murrend ging mein Mann zum Auto und fing an, nach seinem Haustürschlüssel zu suchen. Kurze Zeit später öffnete er mit diesem die Tür und wir betraten den Hausflur. Aus dem kleinen Wohnzimmer der Mutter lärmte der Fernseher und wir konnten laut und deutlich eine Frauenstimme hören, die sehr laut und schnell ungarisch sprach. Mein Mann öffnete vorsichtig die Wohnzimmertür und wir sahen die Schwiegermutter in einem großen Lehnstuhl in Decken gewickelt mit geöffnetem Mund tief und fest schlafen.

Und wir sahen eine sehr alte Dame, die auf einem weiteren Lehnstuhl saß und lautstark mit sich selber ungarisch sprach. Etwas unschlüssig stand mein Mann vor mir im Eingang zum Wohnzimmer herum und ich schob ihn dann von hinten ein wenig an, damit er nun endlich vor mir den Raum betrat. Niemand bemerkte uns. Nach weiteren endlosen Augenblicken, nahm ich entschlossen die Fernbedienung vom Tisch und schaltete den Fernseher aus. Schlagartig hörte die alte Dame auf, mit sich selber zu sprechen, drehte sich zu uns um und starrte uns an. Ich lächelte die mir unbekannte Frau an, deutete auf meinen Mann und mich und begrüßte sie freundlich. Scheinbar nicht sonderlich über unseren Besuch erfreut, stand sie wortlos auf und verließ humpelnd den kleinen Raum. Da ich mich durch kleine Widrigkeiten im Alltag nicht gleich aus der Bahn werfen lasse, nahm ich das Verschwinden der Pflegerin eben hin und weckte fröhlich meine Schwiegermutter. Die lachte uns erfreut über den spontanen Besuch, sich die Augen reibend, an und deutete sofort mit ihrem Zeigefinger auf die halb geöffnete

Wohnzimmertür. Mein Mann verstand den Wink, schloss diese und dann setzten wir uns endlich auf das große Sofa. Keiner von uns dreien sagte ein Wort. Durch die Zimmerwand hörten wir deutlich den Fernseher im großen Wohnzimmer und eine laute Frauenstimme, die sehr schnell mit sich selber ungarisch sprach. Nach weiteren Minuten des Schweigens sagte meine Schwiegermutter: „Yvonne hat es bestimmt nur gut gemeint. Ihr wisst ja, wie sie ist. Ich glaube, sie hat nur vergessen zu fragen, wie alt diese Pflegerin eigentlich ist." Mein Mann schaute seine neunzigjährige Mutter aufmerksam an. Dann fragte er: „Wie alt ist sie denn?" Meine Schwiegermutter kicherte und antwortete: „Stellt euch vor, sie ist drei Jahre älter als ich, und ich muss gestehen, an manchen Tagen macht sie mir schon ganz schön viel Arbeit."

Leserbrief

Heute früh, als ich gerade den ersten Schluck Kaffee trinken wollte, blieb beim Lesen des Lokalteils unserer Tageszeitung mein Blick an einem Leserbrief einer 78-jährigen Rentnerin aus unserer kleinen Stadt hängen. Die Dame schrieb sehr erregt darüber, dass sie wegen der andauernden Corona-Pandemie schon hunderte Male versucht habe, einen Impftermin zu bekommen, aber keinen Erfolg hatte. Und dass, obwohl sie erst vor einiger Zeit einen Herzstillstand erlitten habe. Nun sei ihr zu Ohren gekommen, dass Menschen aus einer weiter entfernten Nachbarstadt in unser Impfzentrum nach Freudenstadt kämen, um sich dort impfen zu lassen. Viele hätten das schon mit Erfolg getan, das wisse sie aus sicherer Quelle. Sie ließ ihrem Unmut darüber dann in langen Zeilen freien Lauf und endet mit der sehr persönlichen Aussage, dass sie einen Defibrillator besitze und sich sehr oft auch sehr schlecht fühle. Weil ich gebannt den Leserbrief erst von oben bis unten durchlesen musste, konnte ich anschließend dann endlich meinen Kaffee trinken. Ich schaute zu meinem Mann auf die andere Seite des Frühstückstisches herüber und fragte ihn: „Hast du auch diesen Leserbrief der Dame gelesen, die erfolglos versucht einen Impftermin zu bekommen?" Ich bekam nur ein hinter einer aufgeschlagenen, großformatigen Zeitungsdoppelseite ausgestoßenes Grunzen zur Antwort. Ich trank weiter meinen Kaffee. „Meinst du, sie möchte, dass wir innerdeutsch jetzt auch Grenzen schließen?", fragte ich weiter. Wieder erhielt ich nur ein Grunzen zur Antwort. Fiel mir doch der gestrige Tageschaubericht wieder ein, der langatmig und mit vielen O-Ton angereicherten Berichten von Betroffenen über die Grenzschließung von Bayern nach Tschechien berichtet hatte. Ich nahm mir eine zweite Tasse Kaffee. „Also, wenn man durch die Grenzschließung zu unseren europäischen Nachbarländern die Viren-Mutanten aufhalten kann, dann müsste es doch möglich sein, diese vorwitzigen Rentner aus anderen deutschen Städten auch irgendwie aufzuhalten, zu uns zu kommen." Jetzt legte Win seine Zeitung beiseite und hielt mir seine leere Kaffeetasse hin. Dann musterte er mich mitleidig und antwortete: „Du hast nicht richtig gelesen. Die kommen nicht aus irgendeiner Nachbarstadt Deutschlands, die kommen aus Baden-Baden hier zu uns, um sich impfen zu lassen." Und dabei sah er mich an, als wenn er damit alles erklärt hätte. Irritiert schwieg ich erst einen Augenblick, dann siegte mein Wissensdurst. „Was hat das damit zu tun, ob sie aus Baden-Baden und nicht aus irgendeiner anderen Stadt in Deutschland kommen?" Er lächelte immer noch mitleidig vor sich hin, dann antwortete er: „Man merkt, dass du nicht von hier stammst. Baden, Württemberg und Hohenzollern, die drei Gebiete hat man nach dem zweiten Weltkrieg mühsam und in einem langwierigen Prozess zu einem Südweststaat zusammengeführt. Da kannst du jetzt nicht einfach mal eben wieder eine innerdeutsche Grenze ziehen." Dann nahm er wieder seine Zeitung in die Hand und verschwand dahinter. Win wusste mal wieder alles ganz genau und oberschlau. Manchmal war es schon ein bisschen lästig, mit solch einem Besserwisser zusammenleben. Jetzt würde ich aber doch zu gerne wissen, ob die Leserbrief-schreiberin auch eine Reingeschmeckte war oder nicht.

Der Kläffer

Ich höre ihn ständig kläffen. Ganz egal, ob ich mich nun gerade in meiner eigenen Wohnung befinde, auf der Dachterrasse sitze oder im Garten Unkraut jäte. Ich höre das Kläffen den ganzen Tag lang, sogar durch die fest verschlossenen Fenster. Von seinem Frauchen an der Leine geführt, läuft er beim Gassi-Gang vor unserem Haus auf und ab und dabei kläfft er. Der Hund kann wohl nicht anders, er muss einfach immerzu kläffen. Es ist ein Dreifach-Gekläffe, was er da von sich gibt. Das raue Gekläffe eines schon in die Jahre gekommenen Tieres. Fanfarenartig erklingt es kurz dreimal hintereinander, exakt alle zwanzig Sekunden. Ich kann meine Uhren danach stellen. An manchen Tagen, wenn er schier unaufhörlich kläfft, frage ich mich wirklich, wie sein Frauchen das aushält. Sie ist eine schon ältere Dame mit kurzgeschnittenen Haaren und einem sympathischen Gesicht. Mehrfach am Tag führt sie ihren Hund die Straße vor meinem

Haus auf und ab, damit er sich in den von der Stadtgärtnerei angelegten Blumenbeeten entledigen kann. Doch auch bei diesem der Natur geschuldeten Geschäft kläfft er. Da er immerzu laut und vernehmlich kläfft, habe ich schon hin und wieder einmal versucht, wenn ich den beiden vor meinem Haus begegnet bin, der älteren Dame ins Gesicht zu schauen. Ich starre für gewöhnlich anderen Menschen auf der Straße oder in der Stadt nicht einfach so unhöflich ins Gesicht, aber bei ihr habe ich es schon mal getan, einfach, weil ich herausfinden wollte, ob ihr das Kläffen ihres eigenen Hundes auch so auf die Nerven fällt wie mir. Doch bei dem Versuch, ihre Mimik zu ergründen, ist es mir bisher verborgen geblieben, denn ich habe es nicht wirklich in Erfahrung bringen können. Ich hätte sie aber natürlich auch nicht einfach angesprochen und gefragt, weil es sich nicht gehört, sich so zu verhalten. Das verbietet einem schließlich die eigene Kinderstube und sowieso fällt man nicht einfach so mit der Tür ins Haus. Doch ab und zu ertappe ich mich bei Tagträumereien und in diesen Momenten sehe ich mich es tun.

Ich sehe mich sie fragen, wie sie das nervtötende Gekläffe ihres Hundes so viele Stunden am Tag aushält, so viele Wochen und Jahre hindurch. Immer und immerzu dieses Gekläffe am Ohr. Und sie gibt mir eine Antwort in diesen Tagträumereien, aber leider kann ich ihre Antwort nicht verstehen. Ich kann sie einfach nicht verstehen wegen des Gekläffes ihres Hundes.

Großmutter

Meine Großmutter ist in ihrer eigenen Hotelküche auf Bratenfett ausgerutscht, gestürzt und kurz darauf im Krankenhaus an einer Embolie gestorben. Ich war mit einem Nachbarjungen im Garten, als meine Mutter an einem Spätnachmittag im Sommer zu mir kam und mir die Nachricht überbrachte, dass sie gestorben sei. Ich weiß noch, dass die Sonne durch die Blätter der großgewachsenen Eichenbäume, die auf unserem Grundstück standen, goldgelb schimmerte und meine Mutter sehr ernst war. Aber ich habe ihre Worte nicht verstanden. Was sollte das bedeuten, dass die Großmutter gestorben sei? Vor ein paar Tagen war sie noch warm und weich gewesen und hatte mich fest an ihren großen Busen gedrückt. Dann hatte sie frisch gekochten, warmen Vanillepudding aus einem riesigen Kochtopf für ihre vielen Hausgäste in kleine Glasdessertschälchen geschöpft, mich angelacht und mir zum Probieren auch ein Schälchen in die Hand gedrückt. Etwas ratlos stand ich neben meinem kleinen Freund und habe meine Mutter nur stumm angesehen.

Eheprobleme

Ich saß bei meiner Freundin Silke im Wohnzimmer und wir tranken zusammen eine Tasse Kaffee. Ihre und meine Kinder spielten draußen in der Sonne und Silke fing an, von ihrem Mann zu erzählen. Nun war es so, dass Silke nicht wirklich glücklich mit ihrem Angetrauten zu sein schien und die ehelichen Schwierigkeiten, die schon in der Anfangszeit ihrer Ehe aufgetreten waren, sich nachhaltig zu verstärken schienen. Da ich selber schon eine Scheidung hinter mir hatte, mir also Ärger mit dem eigenen Ehemann nicht gänzlich unbekannt war, ebenso die Tatsache, dass dieser Ärger richtig lästig werden konnte, aus diesem Grund konnte ich nachempfinden, was gerade so in Silke vorging. Nun muss man sich aber wirklich nicht gleich scheiden lassen, wenn es hin und wieder in der Beziehung unschöne Momente gibt, doch wenn die Probleme zunehmen und es irgendwann gar nicht mehr schön ist, dann sollten Maßnahmen ergriffen werden.

Schon wegen der Kinder, denn die sollten doch unbeschwert aufwachsen dürfen und sich zu fröhlichen und glücklichen Menschen entwickeln können. Silke hatte sich dies wohl auch alles schon überlegt, denn sie sagte über den Blumenstrauß auf dem Kaffeetisch hinweg zu mir: „Weißt du, heute Nacht lag ich lange wach und er schnarchte neben mir und da habe ich gedacht, ich müsste doch eigentlich nur mein Kopfkissen nehmen und es lange genug auf sein Gesicht drücken." Etwas überrascht von dieser Aussage schwieg ich einen Moment lang, dann sagte ich: „Zugegeben wäre das eine Möglichkeit, ihn für immer loszuwerden. Aber du hättest dann noch das Problem mit der Entsorgung." Ich konnte Silke in den nächsten Minuten ansehen, wie es in ihrem Gehirn arbeitete. Sie schaute durch das große Terrassenfenster auf die spielenden Kinder, dann meinte sie langsam: „Schau mal, unsere Kinder haben da ein sehr großes Loch gegraben." Und dann drehte sie sich zu mir um und sah mich erwartungsvoll an.

Kleidergröße 36

In der Stadt, in der ich lebe, gibt es ein Familienzentrum mit vielen Angeboten für Mütter und Väter mit kleinen und großen Kindern. In dem ersten Jahr, in der ich in dieser Stadt wohnte, besuchte ich zusammen mit meiner kleinen Tochter dort eine Kinderspielgruppe. Die Kleinen konnten dort mit anderen kleinen Kindern spielen und die Mütter und Väter tranken dann ihren in Thermoskannen mitgebrachten Kaffee und aßen Butterbrote dazu. Heute gibt es dort im Familienzentrum ein richtiges Café mit einer wunderbaren Kaffeemaschine, und man kann dort frühstücken oder nachmittags Kuchen und vegane Torten essen, aber damals war es eben noch nicht möglich. Einmal saß ich also in dieser Zeit dort auf einem Kindergartenstuhl an einem Kindergartentisch, schaute meiner Tochter und den anderen Kindern beim Spielen zu, und trank meinen Kaffee, als meine Tischnachbarin unvermittelt zu mir sagte: „Also ich finde, dass ein Mann, der eine Frau heiratet, die Kleidergröße 36 trägt, auch nach zwei Geburten erwarten darf, dass diese nicht plötzlich in Kleidergröße 44 herumläuft." Ich musste lachen und wartete schweigend darauf, was wohl noch weiter zu diesem Thema folgen würde. Ermutigt durch meine Reaktion fuhr sie fort: „Statistisch gesehen verändert sich nämlich bei einem Großteil der Frauen, die ein oder mehrere Kinder zur Welt gebracht haben, anschließend die Figur. Sie werden fett und unförmig." Sie warf mir einen triumphierenden Blick zu. `Es ist doch wirklich interessant zu beobachten, wie frauenfeindlich Frauen sind`, schoss es mir durch den Kopf, denn meine Tischnachbarin hatte vermutlich Kleidergröße 36 und mindestens schon zwei Kinder zur Welt gebracht. Die kamen in diesem Augenblick an den Tisch gelaufen und schmiegten sich rechts und links an die grazil aussehende Mutter. Da ich selber auch vor der Geburt meiner Tochter keine Kleidergröße 36 getragen habe und auch später in meinem Leben nicht, antwortete ich: „Nun, Ehemänner erwarten ja häufig unrealistische Dinge von ihren Frauen. Und in meinen Augen darf ein Mann vor den Geburten der gemeinsamen Kinder erwarten, was er will, aber er sollte sich doch eigentlich ein bisschen zurückhalten, denn schließlich bringt die Frau ja auch die Kinder zur Welt, nicht wahr?" Meine Nachbarin starrte mich sekundenlang fassungslos an, dann wandte sie sich kommentarlos an die Frau, die ihr an diesem Kindergartentisch gegenübersaß, und begann ein Gespräch mit ihr. Nicht wirklich erschüttert über den Fortgang der Ereignisse, trank ich weiter meinen Kaffee. Ich wurde an diesem Vormittag in der Kinderspielgruppe dann nicht mehr von ihr aufgefordert, mich an ihrem Gespräch zu beteiligen und auch an keinem weiteren Tag, den ich noch mit meiner Tochter in diesem Familienzentrum zubrachte.

Der Mann auf der Bank in der Sonne

Er sah ungepflegt aus. Sehr ungepflegt. Schon von weitem sah ich ihn auf dem Marktplatz der kleinen Stadt auf einer Bank in der Sonne sitzen. Er gab sich immer gern exzentrisch. Ich setzte mich einen Moment lang mit auf die Bank. Auf Distanz. Es war nicht möglich, miteinander ein Gespräch zu führen. Das war es nie, auch damals schon nicht. Und an diesem Tag auch nicht. Ich wusste es schon nach den ersten Sätzen. Doch schien es schlimmer als zu meiner Zeit zu sein. Das wirre Reden. Er begann von seiner Schwester zu erzählen, dann brach er unvermittelt ab und schwieg in sich hinein. Ich wartete, dann schaute ich ihn von der Seite an und fragte: „Bist du noch da?" Ganz langsam drehte er den Kopf zu mir herum, als wenn er auftauchte aus tiefem Wasser. Dann nickte er. Ich knöpfte meinen Mantel zu, stand auf, verabschiedete mich kurz und ging. Der Mann lebte auch früher hin und wieder schon in einer Welt, zu der nur er den Zutritt hatte. Doch mir war es zu viel an diesem Tag.

Ich war nicht mehr bereit, mich auf ihn einzulassen. Auch nicht aus Höflichkeit. Er war und ist ein Kind geblieben. Ein Kind, das auf der Suche war und ist. Und was er suchte immerzu, das war er selbst.

Aufräumen

Rudi war Journalist und weil er in seinem Beruf täglich sehr viel Stress hatte, räumte er zur Entspannung gerne auf. Seine Wohnung, seine drei Garagen, seinen Dachboden oder auch die Werkstatt seines verstorbenen Vaters. Wenn er zu mir in meine Wohnung kam, machte er mir Vorschläge, wie ich meine Wohnung effektiver aufräumen könnte, als ich es in seinen Augen tat. Anfangs hatte es mich noch irritiert, wenn er mit einem Metermaß in meiner Wohnung von Zimmer zu Zimmer lief, um auszumessen, wie viele Regale Platz haben könnten, um meine herumliegenden Bücher, Aktenordner und Zeitschriften ordentlich verstauen zu können. Aber im Laufe der Jahre habe ich mich daran gewöhnt und nur noch schemenhaft wahrgenommen, wenn er mir wieder ungefragt ein neues Regal an meine Wohnzimmerwand schraubte. Im Übrigen mochte ich es, wenn meine Bücher und Zeitungen bunt durcheinander auf dem Fußboden im Schlafzimmer vor meinem Bett herumlagen. Und ich habe mich immer standhaft geweigert, diese in ein Regal oder einen Bücherschrank zu räumen, denn sonst hätte ich ja, im Bett liegend und ein Glas Wein auf meinem Nachttisch stehend, jedes Mal aufstehen müssen, wenn ich ein neues Buch oder eine andere Zeitschrift hätte lesen wollen. Aber zurück zu Rudi. Er wurde wirklich nie mit dem Aufräumen fertig, vielleicht auch deswegen, weil er wirklich täglich in der Redaktion keulen musste wie ein Ochse, und das Aufräumen wahrscheinlich einfach nur das Ziel hatte, sich nach der Arbeit zu entspannen. Das Ergebnis war dann für ihn nicht mehr so wichtig. Das würde dann auch erklären, wie der Mann es schaffte, sechs Stunden lang eine Kiste mit Nägeln in unterschiedlicher Größe und Form in einer seiner Garagen zu sortieren und diese dann anschließend an einen Nachbarn auszuleihen, der das Prinzip Ordnung nicht so verinnerlicht hatte wie er selber, und nach Rückerhalt derselben, dann wieder von vorne anfing zu sortieren. Und beim Thema Aufräumen fällt mir auch jedes Mal ein schon lange zurückliegender Besuch bei Rudis Mutter ein. Da sein Vater verstorben war, hatte die Mutter ihren Sohn zu sich gebeten, um Hilfe bei den Aufräumarbeiten der Hinterlassenschaft des Vaters zu bekommen. Rudi bat mich, mitzufahren und in keiner Weise erahnend, was da an dem Wochenende auf mich zukommen würde, hatte ich die Einladung arglos angenommen. Wir kamen also an einem Samstag am Haus der Mutter an und nachdem wir zusammen zu Mittag gegessen hatten, händigte Rudis Mutter ihrem Sohn verschiedene Schlüssel aus. Dann wünschte sie uns gutes Gelingen und verzog sich in ihr Wohnzimmer zu einem Mittagsschlaf. Beherzt und voller Tatendrang zogen wir beide eigens dafür mitgebrachte Arbeitshandschuhe an und machten uns an die Arbeit. Zuerst ging es in die Werkstatt des Vaters, die sehr groß und geräumig etwas versteckt unter einer riesigen Balkonterrasse beheimatet war. Rudi musste anfangs ein wenig mit dem Schloss der Werkstatttür kämpfen, dann drehte sich der Schlüssel aber doch im Schloss herum und er öffnete die Tür. Nach einigem Suchen fand er den Lichtschalter, knipste das Licht an und dann starrten wir beide auf das, was sich vor unseren Augen auftürmte. Nach einigen Augenblicken der Schockstarre, hörte ich mich Rudi fragen: „Wann warst du denn das letzte Mal in der Werkstatt deines Vaters?" Er drehte den Kopf zu mir, schaute mich an und antwortete etwas verzagt: „Ich weiß nicht, vor fünfzehn Jahren vielleicht." Ich nickte und schwieg. Rudi schwieg auch. Und nach weiteren Augenblicken des Zögerns und Zauderns gab ich mir einen Ruck, lachte und sagte: „Nun, wir könnten jetzt die Tür wieder schließen und uns vielleicht einfach zuerst den Dachboden deiner Mutter vornehmen. Was meinst du, Rudi?" Aber da hatte ich den falschen Mann an meiner Seite, denn dieser Vorschlag war für Rudi so abwegig, dass er vergaß, mir darauf zu antworten. Er, der seit vielen Jahren das Aufräumen sprichwörtlich lebte, jemand wie er kapitulierte nicht vor einer einhundertachtzig Quadratmeter großen, bis unter die Decke vollgestopften Werkstatt. Rudis Blick wurde starr, dann stieß er die Werkstatttür weit auf und trat ein. Sekunden später war er für mich nicht mehr sichtbar. Ich wusste, dass es von diesem Moment an vollkommen zwecklos sein würde, ihn noch irgendwie mental erreichen zu wollen. Rudi war schon eingetaucht, eingetaucht in das riesige Meer von Schrauben und Nägeln, Sägen, Schleifmaschinen, Bohrern und allen möglichen anderen Maschinen, die der deutsche Markt so aufzubieten hatte. Ich überlegte, was nun für mich zu tun möglich war. Ulm war nicht weit weg von Rudis Elternhaus und ich hatte den Autoschlüssel und mein Portemonnaie in meiner Hosentasche. Also entschloss ich mich dazu, in die Münsterstadt zu fahren und ein bisschen shoppen zu gehen. Rudi würde die nächsten sechs Stunden nicht einmal merken, dass ich nicht mehr an seiner Seite war, seine Mutter saß zufrieden in ihrem Wohnzimmer, und ich hatte Zeit, Geld und die Gelegenheit, einen Einkaufsbummel in einer sehr schönen Stadt zu machen. Und das war doch allemal besser, als aufzuräumen.

Koch

Er ist noch jung und lacht sehr viel. Wenn er redet, dann sehr schnell und laut, so, als müsste er sich überall sofort Gehör verschaffen. Er wirkt auf den ersten Blick wie eine Frohnatur. Als junger Koch versucht er sich nun sich in einer großen Firma zu behaupten, dort muss er zeigen, was er kann, denn auch der kleinste Fehler wird in der Küche registriert. Sofort und unerbittlich. Da gibt es kein Pardon, auch keine Entschuldigung für Fehlverhalten und Versagen. Wer nicht ins Bild passt, den schmeißt man wieder aus dem Rahmen. Der Betrieb, in dem er angestellt ist, muss funktionieren. Für alle Besucher aus den vielen Ländern dieser Welt. Das Betriebsrestaurant repräsentiert das Unternehmen nach außen. Er kennt die Direktiven ganz genau und doch passiert es immer wieder. Hier unterläuft ihm ein Fehler, da ein Missgeschick, nicht immer eine große Sache, doch auch nicht unsichtbar zu machen. Und dann kommt der große Tag. Jetzt muss er sich beweisen. Der Chef plant eine große Feier mit hunderten von Gästen. Die Tischordnung, das Essen, die exquisiten Weine, alles ist besprochen und bestellt. Die Lieferanten kommen pünktlich, das Servicepersonal zieht die Dienstkleidung an, das Fest im Gästehaus beginnt. Man sitzt zu Tisch, der Chef gibt das verabredete Zeichen, die Servicekraft geht in die Küche und erstarrt. Der Koch ist weg. Verschwunden, an diesem Tag. Und er wird nicht wiederkommen.

Die Braut

Sie ist die Braut und noch ein Mädchen. Nicht den Jahren nach. Ihr Ehemann, der Bräutigam, ist doppelt so alt wie sie. Schon sehr betagt. Nach der Zeremonie in der Kirche der kleinen Stadt, steht sie nun im Hotel im Restaurant auf einer improvisierten Bühne im Mittelpunkt. Die junge Ehefrau. Eine Freundin lässt es sich nicht nehmen und zelebriert die Klassiker der Hochzeitsspiele. Mit ihr, dem Gatten und den Gästen. Ihm scheint es nicht so recht zu sein, es ist ihm peinlich. Man sieht es ihm an. Alle im Raum spüren, dass sie noch ahnungslos vom großen Glück der Liebe in der Ehe träumt. Dem Augenblick ent-gegensehnt, später in der Hochzeitsnacht. Sie wird bei anzüglichen Pointen rot und verlegen, zuweilen linkisch. Ich sitze als Gast an einem Tisch und schaue auf ihn. Ich überlege, was er wohl sucht bei diesem alten Mädchen. Doch vielleicht, vielleicht ist alles besser, als allein zu bleiben, nach dem Tod der ersten, so geliebten Ehefrau.

Der junge Mann

Er lebt das Leben seines Vaters. Der gleiche Ausbildungsweg, der gleiche Beruf, die gleiche Karriere. Wenn man ihn auf der Straße trifft, sieht er auch schon aus wie der Vater. Er trägt den gleichen Wintermantel, er hat den gleichen Gang, und er schaut auch schon wie dieser in die Welt. Er hat sich für die Sicherheit entschieden. Eine Anstellung bei der Stadt auf Lebenszeit. Karriere und Gehaltserhöhung in scheibchenweise garantiert. So wie der eigene Vater es vorgelebt hat, so macht er es nun auch. Ab heute jeden Tag in seinem Leben, nur ist er niemals jung gewesen, hat keine Abenteuer erlebt, keine Träume wahrgemacht. Es ist ihm nicht bewusst, er denkt nicht darüber nach. Noch ist die Luft nicht zum Ersticken dick genug, die ihn umgibt. Doch irgendwann wird er ein Fenster öffnen und trotzdem glauben, dass er nicht mehr atmen kann.

Weihnachtsfeier

Sie sind miteinander verheiratet. Sie wohnen zusammen. Sie arbeiten zusammen. Und sie waren zusammen auf der Weihnachtsfeier ihrer Firma. Am Tag danach war nichts mehr so wie früher. Sie zog am Monatsende aus der gemeinsamen Wohnung aus, legte ihm die Haustürschlüssel auf den Tisch und wohnte fortan in einem möblierten Zimmer. Verheult kam sie zur Arbeit, verheult machte sie Feierabend. Ihre Welt war in den Wochen nach der Weihnachtsfeier ein einziger Scherbenhaufen. Ein Haufen aus zerstörten Hoffnungen für das eigene, junge Leben. Der Kummer nagte an ihr, fraß sie auf. Langsam, jeden Tag ein Stückchen mehr. Bleich und abgemagert schleppte sie sich durch den Arbeitsalltag. Sie ertrug die Häme und den Spott der Kollegen, genauso wie das Mitleid, welches vielleicht noch schlimmer zu ertragen war, als alles andere. Er dagegen blühte auf seit dieser Weihnachtsfeier im Betrieb, flirtete mit allen Kolleginnen, besonders mit der einen. Das Leiden seiner eigenen Frau interessierte ihn nicht, sie war Luft für ihn geworden. Unsichtbar, gar nicht mehr vorhanden, auch wenn er sie sah. Es war ein trauriges Schauspiel, das sich den Kollegen in der Firma da über Wochen bot. Die junge, stark verliebte Ehefrau so traurig und verzweifelt zu sehen. Wie sie den eigenen Mann im Liebestaumel verstohlen von ihrem Platz aus im Großraumbüro beobachtete. Fast ungläubig mit ansah, wie er sich ganz ungeniert vor aller Augen amüsierte, lachte, glücklich war mit der einen, welche die Geschenke und Aufmerksamkeiten genoss, die er ihr darbrachte, die sich aalte in dem Gefühl im Mittelpunkt für ihn zu stehen. Für die eine ist es nur ein Spiel, ein Spaß, ein kurzer Ausflug in die Möglichkeiten, die das Leben bietet. Für die andere ist es das Aus vom Traum vom Lebensglück zu zweit.

Schulfreundin

Sie sitzt in ihrem Zimmer und schluchzt, weil ihre alte Schulfreundin keinen Kontakt mehr mit ihr haben will. Sie kann und will es nicht akzeptieren. Seit zwölf Jahren sind sie durch den Wegzug der Schulfreundin in eine andere Stadt schon räumlich voneinander getrennt. Die Freundin ist längst verheiratet und hat ein Kind. Die Schulfreundin von damals ist für die eine nur noch eine blasse Erinnerung, aber für die andere, für sie ist es die Verbindung in ein anderes Leben.

Das Mittagessen

Wir saßen zu dritt im Esszimmer am Tisch. Es war eine ungute Atmosphäre, die sich dort am Mittagstisch ausbreitete. Wir wollten nur gemeinsam zu Mittag essen, doch es war nicht möglich. Wieder einmal nicht möglich. Und als beide dann, meine Tochter zuerst und dann mein Mann, erbost den Tisch verlassen hatten, blieb ich wie gelähmt auf meinem Platz an der Stirnseite des Tisches sitzen. Ich schaute auf das Essen in den Schüsseln, das vor sich hin dampfte, und fragte mich, was ich bloß falsch gemacht hatte.

Alltagswahnsinn

Jeder Mann hat eine Mutter. Das ist an sich keine besondere Feststellung, doch man sollte diese schlichte Tatsache nie aus den Augen verlieren. Und aus diesem Grund habe ich mir in den Jahren nach meiner Scheidung angewöhnt, jeden Mann beim Kennenlernen sofort zu fragen, ob er eine Mutter habe. Bei Stefan war das auch so. Ich war bei meiner Freundin Susanne zum Geburtstag auf einer kleinen Party eingeladen und traf dort also Stefan. Und er gefiel mir sofort. Und als wir also am Tisch mit den kleinen Käsehäppchen standen und ein Glas Sekt zusammen tranken, habe ich ihn gefragt. Und erstaunlicherweise schien er nicht im Mindesten irritiert von der Frage zu sein. Er kaute auf seinem Käsehäppchen herum, lächelte mich an und sagte: „Habe ich." Und das war das Signal, auf das ich hätte reagieren müssen. Das Warnsignal. Habe ich aber nicht. Und deswegen ist mein Leben so schrecklich kompliziert geworden. Und Stefan hat nicht nur eine Mutter, er hat auch noch eine Schwester.

Also kurz und gut: Hätte ich mich damals am Tisch mit den Käsehäppchen umgedreht und Stefan alleine kauend dort stehen lassen, wäre das alles nicht passiert. Jetzt ist genau das eingetreten, was ich unbedingt vermeiden wollte. So ist es doch eigentlich immer. Wochenlang nimmt man sich vor, bei einem bestimmten Termin perfekt sein zu wollen. Und wenn der Termin dann kommt, nimmt die Katastrophe ihren Lauf. Gestern Abend war ich zum ersten Mal seit vier Jahren auf einer Versammlung der Wohnungseigentümer in unserem Haus. Sonst habe ich Stefan immer alleine dorthin gehen lassen, weil ich solche Veranstaltungen schrecklich anstrengend finde. Öde und anstrengend. Wenn stundenlang darüber diskutiert wird, ob nun ein Handwerker geholt werden muss, um die defekte Dachrinne zu reparieren, oder ob man versuchen sollte, es selber zu machen. Gestern konnte ich Stefan nicht hinschicken, weil er auf einer Messe in Leipzig war. Und so kam es, dass ich viel mehr Wein getrunken habe als ich vertrage. Um es kurz zu machen: ich war sternhagelvoll. Ich kann mich nicht mehr daran erinnern, über was wir gesprochen haben. Aber ich bin sicher, dass ich endlos geredet habe. So ist das, wenn ich Alkohol trinke. Und wenn ich einmal anfange zu trinken, höre ich so schnell nicht wieder auf. Ich komme dann so richtig in Fahrt. Ich hatte also meine neuen Lederstiefel angezogen und mich sorgfältig geschminkt. Eine Flasche Sekt unter dem Arm marschierte ich in die Erdgeschosswohnung, wo schon alle Wohnungseigentümer versammelt waren. Kaum saß ich auf dem riesigen Ledersofa der Krankenschwester, der die Wohnung gehörte, fing Lukas an, mit mir zu flirten. Lukas ist Katharinas Ehemann, die das Verhalten ihres Mannes nicht witzig fand. Sie hat sowieso nicht viel Humor. Unser Verhältnis ist seit vier Jahren recht angespannt, also praktisch seit dem Tag, an dem ich in dieses Haus eingezogen bin. Warum, das weiß eigentlich keiner von uns beiden so genau. Wahrscheinlich mögen wir uns einfach nicht besonders. Ich hoffe nur, dass ich Lukas nicht nähergekommen bin. Unter Alkoholeinfluss werde ich immer zutraulich, vielleicht manchmal ein wenig zu zutraulich. Und ich wäre gerne öfter mal unbeschwert. Zum Beispiel würde ich gerne lachend über das Verhalten meiner Schwiegermutter und meiner Schwägerin hinwegsehen. Kann ich aber nicht. Wenn ich an beide denke, werde ich binnen Sekunden extrem humorlos. Schuld daran ist neben vielen anderen Erlebnissen mit beiden auch unser letzter Besuch bei Stefans Mutter in Ungarn. Stefan und ich kennen uns jetzt zwölf Jahre. In diesen Jahren ließ es sich nicht vermeiden, auch seine Familie kennenzulernen. Und wir fahren mindestens einmal im Jahr mit dem geerbten LKW seines Vaters nach Ungarn zu seiner Mutter und Schwester. Vollbepackt bis unters Dach bringen wir Möbel, Baumaterial, Werkzeug und Lebensmittel in unser Nachbarland. So auch letzten Monat. Wir sind vom Haus seiner Mutter in Straubing mit LKW, Anhänger und aufgesetztem Wohnmobil nach Hévíz aufgebrochen. Um das ganze Gespann seiner Schwester Iris zu bringen. Wir hatten vorher mehrere Stunden gebraucht, um das Wohnmobil auf die Pritsche des Fiat-Ducato zu setzen, obwohl Stefan tagelang behauptet hatte, das ginge alles ganz schnell. Dann musste Ware aufgeladen werden. Es ist ja nicht so, dass man in Ungarn nichts einkaufen könnte, aber selbst der Lidl oder Penny in Ungarn sind nach Ansicht von Stefans Mutter zu teuer. Also haben wir im Straubinger Aldi Unmengen an Butter, Zucker, Kaffee und Schokolade gekauft und anschließend in das Wohnmobil verfrachtet. Für Iris, damit die in Ungarn nicht verhungert. In meiner Erinnerung müssen es Paletten gewesen sein, wenigstens fühlten sich meine Oberarme am nächsten Tag so an. Als wir mit großer Verspätung dann endlich losfahren konnten, rief Toni, Stefans Mutter, auf der Fahrt an. Und es blieb nicht bei diesem einen Telefongespräch. Sie rief während der Autofahrt alle halbe Stunde vom Plattensee aus an, um zu fragen, wann wir endlich ankommen würden. Stefan lächelte mich jedes Mal, wenn sein Handy erneut klingelte, an und sagte: „Weißt du Schatz, sie kann es eben einfach nicht erwarten, bis wir endlich bei ihr ankommen." Ich habe ja meine eigene Ansicht diesen Punkt betreffend.

Meiner Meinung nach hatte Toni diesen Telefonterror nur angestellt, weil sie genervt war, dass wir nicht schon vierzehn Tage vorher aufgebrochen waren, um sie zu besuchen. Aber Stefan liebt seine Mutter nun mal heiß und innig und da behalte ich meine Ansichten schon hin und wieder mal für mich. Als das Handy nach vierhundert gefahrenen Kilometern zum x-ten Mal klingelte, schlug ich vor, das Handy einfach mal für die nächsten hundert Kilometer auszustellen. Das brachte mir einen missbilligenden Blick von Stefan ein. Stefan gehört zu den Menschen, die immer und ständig an ihr Telefon gehen, wenn es klingelt. Und da er auch zu den Menschen gehört, die nicht während des Fahrens mit dem Handy telefonieren, mussten wir alle halbe Stunde einen Rastplatz ansteuern, da ich mich weigerte, mit Toni zu telefonieren. Ich vermute, diese Autofahrt nach Hévíz war die längste in der Geschichte aller von Straubing nach Ungarn reisenden Autofahrer, doch wenn ich geahnt hätte, was mich in den kommenden Tagen dort erwartete, wäre ich nicht froh und erleichtert gewesen, am Ziel angekommen zu sein.

Am nächsten Morgen saßen Stefan und ich bei seiner Mutter in dem kleinen ungarischen Ferienhaus in der Küche am Frühstückstisch. Toni hatte offensichtlich schlechte Laune. Ihr säuerlicher Gesichtsausdruck und die verschränkten Arme vor der Brust deuteten darauf hin. Höflich und freundlich, wie es meinem Wesen entspricht, versuchte ich, ein wenig Konversation zu machen. Nachdem ich eine Viertelstunde mit mir alleine geplaudert hatte, weil Stefan seine mitgebrachte Zeitung las und Toni es nicht für nötig hielt, mir zu antworten, schwieg ich ebenfalls. Und es war wirklich kein entspanntes Schweigen dort am Frühstückstisch in der kleinen ungarischen Küche. Beinahe hätte ich Stefan im Beisein seiner Mutter gefragt: „Na, Schatz, zeigt sich die Freude über unseren Besuch immer so ungemein still bei deiner Mutter?" Doch ich riss mich zusammen und sah freudig dem Eintreffen von Iris entgegen, die in diesem Moment mit hundertachtzig Sachen in ihrem Wagen durch das schmiedeeiserne Hoftor bretterte. Sekunden später betrat Iris durch den Wintergarten die kleine Küche, in der wir saßen, und dröhnte in großer Lautstärke ihre Willkommensgrüße durch den Raum. Stefans Schwester ist ein sehr lebhafter Mensch und ihre Ankunft schien auch die vorübergehend ins Wachkoma gefallene Toni wieder zu beleben. Jedenfalls kam Bewegung in die kleine Küche. Iris ließ sich durch ihr Raucherasthma schwer atmend auf einen Stuhl fallen und griff sofort nach dem größten Brötchen. Von Toni fürsorglich gefragt, ob sie Kaffee und ein Ei möchte, riss sie wie üblich das Gespräch an sich. In einer Minute fragte sie uns, wie die Fahrt verlaufen sei, warum wir nicht schon vor vierzehn Tagen angekommen seien, ob wir eigentlich überhaupt kein Verantwortungsgefühl für die Mutter hätten und nicht wüssten, wie schwer es für sie sei, wenn sie als Tochter sich immer alleine um alles kümmern müsse. Ich stand auf, um draußen mal nach den Blumen zu sehen. Ich mache das häufiger in Anwesenheit von Stefans Mutter und Schwester, also im Garten nach den Blumen schauen. Nachdem ich zwanzig Minuten lang intensiv den Garten bewundert hatte, zwang ich mich, wieder in die Küche zurück zu gehen. Wie erwartet, saßen die drei schweigend am Tisch zusammen. Ich setzte mich auf meinen Platz und fragte: „Und was ist für heute geplant?" Da üblicherweise immer Iris unseren Aufenthalt in Ungarn plante, schien mir das eine durchaus berechtigte Frage zu sein. Iris plante meine und Stefans Arbeitseinsätze. Wenn wir zu Besuch in Hévíz waren, mussten wir jedes Mal mehrere Autoladungen voll mit Weinkanistern beim Weinbauern für Toni abholen. Säcke mit Paprika vom Gemüsehändler und Honig von der Honigfrau. Oder wir mähten hektargroße Rasenflächen, pflückten kistenweise Äpfel und Kirschen, verpackten von Toni eingemachtes Obst für den Rücktransport, jäteten Unkraut im Garten und erledigten aufgelaufenen Bürokram. Deswegen korrigiere ich meine Freundin Susanne gerne, wenn sie davon spricht, dass ich nach Ungarn in den Urlaub fahre. Übrigens ist Toni vom gleichen Kaliber wie ihre Tochter. Als Stefan und ich beim letzten Ungarnbesuch mal zaghaft davon gesprochen haben, dass wir auch gerne mal Städte und Sehenswürdigkeiten im Umland anschauen wollten, antwortete sie: „Dazu habt ihr noch genug Zeit, wenn ich tot bin." Und das Schöne an Toni ist, dass sie immer alles genauso meint, wie sie es sagt. Vielleicht sollte ich an dieser Stelle erwähnen, dass ich in zweiter Ehe mit Stefan verheiratet bin. Und meine Erfahrungen mit angeheirateter Verwandtschaft aus erster Ehe habe ich auch nicht nur in guter Erinnerung. Ich hatte gehofft, dass die mich in der Vergangenheit gemachten Erfahrungen gelassener gemacht hätten. Haben sie aber nicht. In Situationen wie dieser, in der kleinen ungarischen Küche beim Frühstück, spürte ich das sehr deutlich. Jedenfalls nahm Iris meine gestellte Frage zum Anlass, um sich sofort temperamentvoll über Stefans Fehlverhalten auszulassen. Sie macht das bei jedem Besuch, entweder gleich zu Beginn oder beim Abschied. Sie berauscht sich dabei an ihren eigenen Worten, jedenfalls kommt es mir so vor. Es ist ein ewig gleiches Lamento über ihre guten und seine schlechten Seiten. Ich weiß nicht, warum Stefan sich das bieten lässt. Er lässt es jedes

Mal kommentarlos über sich hinwegrauschen und geht anschließend zur Tagesordnung über. Mir reichte es jedenfalls. Ich stand wortlos auf und verließ die Küche, um den Tag alleine zu verbringen. Als ich abends durch das Hoftor trat, standen die drei im Garten und strahlten mich an, als ob nichts gewesen wäre. So ist es immer und man müsste auch eigentlich gar kein Wort mehr darüber verlieren. Eine halbe Stunde später an diesem Abend beschlossen wir vier zusammen in ein nah gelegenes Restaurant zum Essen zu gehen. Als wir das kleine Lokal betraten, entdeckten Toni und Iris dort eine gemeinsame Bekannte. Lebhaft und sehr lautstark forderten die beiden die Frau umgehend auf, sich mit uns zusammen an einen Tisch zu setzen, natürlich ohne Stefan und mich überhaupt zu fragen, ob wir damit einverstanden wären. Begeistert nahm diese Eva die Einladung an und Sekunden später saß die mir völlig unbekannte Frau auf einem Stuhl neben mir am Tisch. Und von diesem Moment an wurde sehr laut und sehr viel Ungarisch an unserem Tisch gesprochen. Nur Ungarisch. Und da Iris nun schon mehr als zehn Jahre in unserem kleinen Nachbarland lebt und Stefans Mutter vor dem Krieg als Kind mit ihren Eltern in einem Dorf im Süden von Ungarn gelebt hat, beherrschen beide natürlich die Landessprache. Im Gegensatz zu Stefan und mir. Kurz und gut, Stefan und ich saßen wie zwei Idioten am Tisch und verstanden kein Wort von der ganzen Unterhaltung. Doch das störte weder Iris noch Toni, sie schienen es gar nicht zu bemerken. Hin und wieder versuchte ich anfangs höflich, mich mit einer Verständnisfrage an meine Schwiegermutter zu wenden, doch sie konnte mich wegen der Lautstärke an unserem Tisch gar nicht hören. Oder sie wollte es einfach auch nicht. Ich gab es schließlich auf und war Stefan über den Tisch einen fragenden Blick zu. Der sah mich achselzuckend an und ließ das Ganze wie üblich einfach an sich vorbei rauschen. Ich spürte in diesem Moment sehr deutlich meinen Blutdruck ansteigen. Da jaulte Toni wochenlang vorher ins Telefon, dass sie es nicht erwarten könne, uns endlich zu sehen und jetzt waren wir da und praktisch

Luft für sie. Ich spürte jetzt nicht mehr nur meinen Blutdruck. Ich setzte mich kerzengerade hin und sah aus den
Augenwinkeln, dass Stefan mich beobachtete und ebenfalls eine angespannte Haltung einnahm. Ich holte tief
Luft und wollte gerade loslegen, als ich plötzlich einen
wuchtigen Schlag erhielt und den Arm dieser Eva in meinem Gesicht spürte. Und dann hörte ich ein krachendes
Geräusch, sehen konnte ich ja nichts, weil der Arm mir
die Sicht verdeckte. Endlich gelang es mir mit einiger
Anstrengung, den Arm beiseite zu schieben. Ich sah gerade noch, wie Eva ihren Stuhl laut polternd zurückstieß,
aufsprang und sich dann mit einem gurgelnden Schrei die
rechte Hand weit in den Mund stieß. Über das seltsame
Gebaren ihrer Bekannten sichtlich verstört, starrten Iris
und Toni diese Eva sprachlos an. Und auch Stefan
schaute erstaunt dem Treiben der Frau zu. Als Eva, mittlerweile krebsrot im Gesicht und am Hals angelaufen, rö-
chelnd begann, etwas aus ihrem Mund zu ziehen. Und
dann, sichtlich erleichtert über das, was sie in ihrem eigenen Mund gefunden hatte, legte sie es vorsichtig vor

sich auf die Holzplatte des Tisches und ließ sich anschließend erschöpft auf ihren Stuhl zurücksinken. Immer noch
sprach niemand am Tisch ein Wort. Aber alle starrten
jetzt auf das, was Eva aus ihrem Mund geholt hatte. Mit
Speichel verhangen lag es auf dem Restauranttisch und
schimmerte harmlos rosa vor sich hin. Und dann, einen
Augenblick später, nahm Eva das gute Stück in ihre
große fleischige Hand und beförderte es zurück an seinen
Platz. Meine Schwiegermutter schaute noch einen Moment auf den Platz, wo die Prothese gelegen hatte und
einen kleinen, dunklen Speichelfleck auf dem Holz des
Tisches zurückgelassen hatte. Und dann lächelte sie diese
Eva an und begann wieder munter auf Ungarisch los zu
plaudern. Am anderen Morgen setzte ich mich in der
kleinen Küche an den Frühstückstisch und wartete auf
Stefan, doch herein kam aber meine Schwiegermutter.
Sie setzte sich mit einem mürrischen Gesichtsausdruck
mir gegenüber und begann Kaffee einzuschenken. Dann
sagte sie spitz: „Du bist ja gestern Abend einfach aus dem

Restaurant weggegangen, ohne überhaupt etwas gegessen zu haben." Ich hielt es nicht für nötig zu antworten und wartete ab. „Wir hatten so einen netten Abend und Eva hat so wunderbar komische Geschichten erzählt." Meine Schwiegermutter fixierte mich mit großen Augen. Ich wartete ab. Dann trat Stefan durch die Küchentür und Toni stand wortlos auf und ging in das an die Küche angrenzende Schlafzimmer. Von dort waren Sekunden später laute Schluchzer zu hören. Stefan warf mir einen fragenden Blick zu und ich sagte wahrheitsgemäß: „Ich habe noch kein Wort mit deiner Mutter gesprochen." Stefan nahm sich ein Butterhörnchen aus dem Brotkorb und Toni kam mit verheulten Augen zurück in die Küche. Ich fragte mich, warum ich mir das alles antat. Meine eigene Mutter war schon lange tot. Und mein Vater war am liebsten für sich alleine. Familienbesuche hasste er mehr als alles andere auf der Welt. Und vielleicht auch aus diesem Grund hatten wir beide ein ausgezeichnetes Verhältnis miteinander. Wir telefonierten alle paar Monate miteinander und waren anschließend beide froh und erleichtert darüber, dass wir nun einer längeren „Vater-Tochter-Freien Phase" entgegenblicken konnten. Und nun saß ich also in dieser ungarischen Küche. Mit Stefan. Und mit seiner Mutter. Und es würde nicht mehr lange dauern, dann würde auch Iris erscheinen. Mir fielen plötzlich die Käsehäppchen wieder ein. Und eigentlich wollte ich nur frühstücken, da ich ja freiwillig auf mein Abendessen verzichtet hatte. Und dann brach Toni in Tränen aus. Sie schluchzte lauthals, was das Zeug hielt und schüttelte sich dabei krampfartig. Stefan blickte verstört auf seine Mutter, stand auf, setzte sich neben sie auf die Eckbank und versuchte sie zu beruhigen. Aus den Augenwinkeln sah ich, dass Iris sich durch den Wintergarten der kleinen Küche näherte. Ich versuchte zu meditieren und schloss meine Augen, mindestens fünf Minuten lang. Vielleicht waren es auch zehn. Als ich sie vorsichtig wieder öffnete war Iris noch nicht in der kleinen Küche aufgetaucht, und zu meiner großen Überraschung saß Stefan wieder auf seinem Platz und Toni las ruhig die Zeitung. Fröhlich griff ich nun endlich nach einem Brötchen und begann es dick mit Butter und Marmelade zu bestreichen. Also, ich beneide alle Menschen, die unbeschwert durchs Leben gehen können. Meine Freundin Susanne ist so ein Mensch. Trotz aller Widrigkeiten des Lebens ist sie fast immer fröhlich. Und vor einiger Zeit wollte sie unbedingt einen Hosenanzug von Chanel haben. Wochenlang hing sie mir damit in den Ohren. Ich ließ mich also überreden und fuhr an einem Samstag mit Susanne zusammen in die Innenstadt von Düsseldorf zum Einkaufen. Wir stürzten uns in den Wochenendrummel und ruderten uns langsam bis zur Königsallee Nr. 30 vor, der Chanel-Boutique. Vor der eleganten Ladentür musterten wir uns gegenseitig noch einmal kritisch und nickten uns dann aufmunternd zu. Susanne betrat zuerst den Laden, ich folgte ihr auf den Fersen. Susanne hat einen Halbtagesjob in einer Kindertagesstätte, aber auf großem Parkett bewegte sie sich so sicher wie die Frau des Bundespräsidenten. Nachdem Susanne schon zwei Dutzend Hosenanzüge anprobiert hatte und die Verkäuferin, nun langsam sichtlich genervt von uns, Susanne gerade den fünfundzwanzigsten zur Anprobe vor die Nase hielt, warf sie mir einen spöttischen Blick zu, unter dem ich zusammenschmolz, wie Eis in der Sonne. Doch Susanne ließ sich von dem arroganten Gehabe der Verkäuferin nicht einschüchtern und probierte munter weiter Hosenanzüge an. Und als wir dreieinhalb Stunden später das Geschäft verließen, ohne etwas gekauft zu haben, lachte Susanne über das ganze Gesicht und sagte: „Kann ich mir doch sowieso nicht leisten, einen Hosenanzug von Chanel." Und darum beneide ich Susanne so sehr, um diese Unbeschwertheit. Und dann gingen wir zu Starbucks. Und weil ich eben nicht so gelassen sein kann, wie ich es mir wünsche, erlebe ich häufig Situationen, auf die ich lieber verzichten würde. So wie neulich, als ich mit Stefan bei seiner Mutter zum Kaffee eingeladen war. Toni schnitt gerade im Bauernzimmer ihre selbstgebackene Cremetorte an, als sie mit beiläufiger Stimme fragte: „Und, wie geht es so im Amt?" Da Stefan in einem Verlag arbeitet war die Frage wohl an mich gerichtet und ich tat so, als wenn ich sie überhört hätte. Nachdem Toni Stefan ein sehr großes Stück Torte und mir ein auffällig kleines Stück auf den Kuchenteller gelegt hatte, sah sie mich mit großen Augen erwartungsvoll an. Da ich gerade meine Arbeitsstelle beim Jobcenter gekündigt hatte und Toni das natürlich schon wusste, fand ich die Frage überflüssig. Also stach ich mit meiner Kuchengabel in meine Cremetorte und antwortete: „Bin nicht mehr im Amt." Und dann führte ich den kleinen Bissen Torte zum Mund. Toni wusste nicht, dass ich schon wusste, dass Stefan, der kein Geheimnis für sich behalten kann, seiner Mutter brühwarm am Telefon alle Neuigkeiten meine beruflichen Tätigkeiten betreffend erzählt hatte. Und plötzlich ließ Toni einen lauten Schrei hinaus. Das tut sie immer, wenn sie Aufmerksamkeit auf sich ziehen will, oder wenn sie besonders viel Dramatik in eine Unterhaltung bringen möchte. Es gibt diesen Schrei übrigens in allen Variationen. Mal ist es der freudige Überraschungsschrei, dann gibt es den Entsetzensschrei, den Jubelschrei, den Angstschrei und den Glücksschrei. Nicht zu vergessen den gewöhnlichen

Begeisterungsschrei. Iris ist ihrer Mutter in diesem Punkt übrigens haushoch überlegen, denn sie beherrscht auch noch den Trauerschrei, den Wutschrei und den Ekstaseschrei. Wobei ich nicht sicher bin, ob Toni diese drei Variationen früher nicht auch in petto hatte, und nur aufgrund ihres fortgeschrittenen Alters mittlerweile darauf verzichtet. Beide lassen diese Schreie ständig, bei jeder Gelegenheit, unaufgefordert los. Es entspricht wohl ihrem Temperament und ihrer Natur, sie können einfach nicht anders, sie müssen einfach im Beisein anderer Personen unvermittelt ihren Gefühlen freien Lauf lassen. An diesem Sonntag, beim Kaffeetrinken im Bauernzimmer, war es der Überraschungsschrei, der seinen Weg aus dem Mund meiner Schwiegermutter in das Bauernzimmer fand. Theatralisch schlug Toni sich also mit der Hand auf den Mund und starrte erst mich und dann ihren Sohn an, dann füllten sich ihre Augen mit echten Tränen. Sie atmete ein paar Mal sehr schwer und sehr laut und dann hauchte sie in meine Richtung: „Ja, um Gottes Willen, was soll denn nun werden?" Ich hatte schon auf der

Zunge liegen, dass das doch wohl einzig und allein meine Angelegenheit sei, riss mich dann aber aus Höflichkeit zusammen und ließ meine Schwiegermutter, die voll in ihrem Element war, weiter schauspielern. Sie war an diesem Nachmittag wirklich in Höchstform, was nicht immer der Fall ist. Sie warf beide Arme nach oben in Richtung Zimmerdecke und schrie durch das kleine, überheizte Wohnzimmer: „Ja, um des Gottes Wille, ja, um des Gottes Wille. Was stimmt denn nicht mit dir?" Mir verschlug es die Sprache. Und um mir gerecht zu werden, muss ich sagen, dass das nicht oft passiert. Ich schaute von der mit den Armen in der Luft herumrudernden Toni zu Stefan, der mich aus seinen grauen Augen beruhigend anlächelte. Dann fragte er: „Könnte ich noch ein Stück von deiner wunderbaren Torte bekommen, Mutter?" Schlagartig ließ Toni die Arme sinken und verstummte. Sie schnitt erneut ein großes Stück Torte ab und legte es Stefan auf seinen Teller. Ich trank einen Schluck Kaffee und vor meinem Auge tauchte wieder der Teller mit den

Käsehäppchen auf. Und in sechs Wochen war schon wieder Heiligabend und ich überlegte seit Tagen, wie ich aus der diesjährigen Weihnachtsnummer herauskommen könnte, ohne einen Eklat zu provozieren. Seit dem Tod meines Schwiegervaters feierten Stefan, meine Tochter Anneke und ich Heiligabend nicht mehr alleine bei uns in der Wohnung, sondern auf Stefans Wunsch nun auch noch mit Toni und Iris zusammen. In Straubing. Iris kam die letzten Jahre immer schon ein paar Tage vor Heiligabend mit dem ganzen Kofferraum voll von ungarischem Geflügel und Fleisch in Straubing an und begann, zusammen mit Toni, für die Weihnachtstage vorzukochen. Und von nebensächlichen Kleinigkeiten mal großzügig abgesehen, hatte das mit dem Weihnachtsessen und Weihnachten auch irgendwie funktioniert, nur leider nicht im vergangenen Jahr. Stefan, Anneke und ich trudelten also letztes Jahr am Spätnachmittag des Heiligen Abend in Straubing ein. Schon bei der Begrüßung an der Haustür wurde mir klar, dass die bevorstehenden Feiertage anstrengend werden würden, weil Toni an der Tür stand und ein überaus missbilligendes Gesicht zog. Da sie das oft und gerne machte, wenn wir zu Besuch kamen, habe ich mir im Laufe der Jahre angewöhnt, ein solches Gesicht von ihr einfach zu ignorieren. Ich gab ihr also fröhlich die Hand und rief noch fröhlicher in den Hausflur hinein: „Also das riecht ja schon ganz wunderbar aus der Küche." Und dann ging ich, ohne eine Antwort von Iris oder Toni abzuwarten, schon mal ins Wohnzimmer. Insgeheim war ich sehr stolz, diese erste Klippe des Weihnachtsriffs so gekonnt umfahren zu haben. Und um mich, und vielleicht auch noch Anneke und Stefan, schon mal in fröhliche Weihnachtsstimmung zu versetzen, summte ich ein Weihnachtslied vor mich hin. Ich zog meine Schuhe aus, schenkte mir ein Glas Wein ein, und zwang Anneke, sich an das verstimmte Klavier zu setzen und Weihnachtslieder zu spielen. Während Anneke murrend zu spielen begann und Stefan im Flur mit seiner Mutter über unser Zuspätkommen und Tonis Enttäuschung über ein derartiges Verhalten von uns diskutierte, musterte ich die handgemalten Übertöpfe auf der Wohnzimmerfensterbank und trank meinen Wein. Plötzlich hörte ich ein Keuchen aus der Küche. Irritiert sah ich von den Übertöpfen hoch und horchte in Richtung Küche. Da war es schon wieder, ein langgezogenes Keuchen, dazu gesellte sich ein seltsamer Rasselton und ein Fiepen, dann wieder ein Keuchen, gefolgt von einem stöhnenden Schnauben. Da ich mir abgewöhnt hatte, Iris vor der Bescherung in der Küche zu besuchen und sie zu begrüßen, ließ ich das Keuchen und Stöhnen auf sich beruhen und wartete ab. Es zischte und brodelte laut aus der Küche, dann fing es an zu qualmen. Ich konnte es durch die Glastür des Wohnzimmers genau sehen. Es qualmte heftig, doch da ich wusste, dass Iris uns später am Abend Gans servieren wollte, ließ ich es also qualmen und ignorierte ebenso das weiter andauernde Stöhnen, Keuchen und Fiepen. Es war beängstigend. Anneke musste es auch gehört haben, denn sie hörte auf zu spielen und starrte mich von ihrem Klavierhocker her mit aufgerissenen Augen an. Nun, es blieb uns nichts anderes übrig als abzuwarten, was weiter passieren würde. Denn vor der Bescherung zu Iris in die Küche zu gehen, wäre einer offenen Kriegserklärung gleichgekommen, und dann wäre aber Weihnachten gelaufen gewesen. Hier musste man einfach Flagge zeigen und abwarten, was passierte. Ich sagte betont fröhlich zu Anneke: „Spiel einfach weiter und achte nicht auf die Geräusche aus der Küche, wir machen gleich Bescherung." Anneke zuckte die Achseln, dann drehte sie sich schwungvoll auf dem Klavierhocker um und fing wieder an zu spielen. Ich nahm die Weinflasche und füllte mein Glas nach. Stefan und Toni diskutierten jetzt lauter im Flur miteinander, dazu der Qualm und das Stöhnen. Es war wirklich nicht so, wie man sich einen Spätnachmittag an Heiligabend für gewöhnlich so vorstellte. Plötzlich riss jemand die Wohnzimmertür auf und wedelte wild mit den Armen in der Luft herum. Anneke und ich sprangen vor Schreck auf und starrten auf das vollkommen blutleere Gesicht von Iris. Sie stand mit grotesk abgewinkelten Armen in der offenen Wohnzimmertür und japste mit weit aufgerissenem Mund nach Luft. Das Fiepen und Stöhnen waren jetzt, da sie unmittelbar vor uns stand, zehnfach verstärkt zu hören und ich griff reflexartig nach meinem Handy, um den Notarzt zu rufen. Als Iris sah, wie ich nach meinem Handy griff, schnellte sie auf mich zu und warf uns beide mit der Last ihres Körpergewichts auf das Sofa. Dazu stöhnte sie wie ein verwundetes Tier und rief mit röchelnder Stimme: „Nein, nicht, ist gleich wieder vorbei." Ich rückte ein Stück unter ihr auf dem Sofa weg und zog meinen Rock glatt, dann atmete ich ruhig durch und lächelte Anneke beruhigend zu. Ich sagte: „Du hast jetzt genug Klavier gespielt." Ich drehte mich langsam zu Iris um, die auf einmal wie tot neben mir auf dem Sofa lag. Mein Blick fiel auf meine Auto-schlüssel, die vor mir auf dem Wohnzimmertisch lagen. Ich sah Anneke an, Anneke fixierte ebenfalls meine Au-toschlüssel mit merkwürdig starrem Blick. Und dann durchfuhr das ganze Haus ein Schrei. Ich schloss die Au-gen und betete leise darum, dass es nicht eintreten möge. Ich spürte wie Stefan sich auch auf das Sofa fallen ließ, öffnete die Augen und sah, dass er mit leerem Gesichts-ausdruck nach der Weinflasche griff. Und dann nahm das Unabänderliche seinen Lauf. Toni musste den Entset-zensschrei und alle damit einstudierten Szenen tagelang vorher heimlich vor dem Spiegel geübt haben. Sie kam also mit einem Affenzahn ins Wohnzimmer gestürmt, dann ließ sie sich neben ihrer Tochter auf den Fußboden des Sofas fallen und heulte und schrie, was das Zeug hielt. Iris, durch die Nähe und Anteilnahme ihrer Mutter offensichtlich zum Leben erweckt und wieder gestärkt, fiel in das Jammern und Wehklagen mit ein. Und es en-dete damit, dass beide sich zusammen auf die linke Seite des riesigen Sofas quetschten und ihre Arme eng umei-nanderschlangen. Nachdem sie eine Stunde lang laut ge-jammert und geschrien hatten, schliefen sie beide vor Er-schöpfung tränenüberströmt auf dem Sofa ein. Da Stefan sich geweigert hatte, seine Mutter und seine Schwester in diesem Zustand alleine zu lassen, fuhr ich zwei Stunden nach meiner Ankunft mit Anneke zurück in unsere Wohnung, um endlich Heiligabend feiern zu können. Bis Ostern hatten Stefan und ich kein einziges Wort über diese zwei Stunden in Straubing miteinander verloren. Und am Ostersonntag, als ich mich geweigert hatte ans Telefon zu gehen, weil ich auf dem Display die Telefonnummer von Toni gesehen hatte, sagte Stefan: „Sie trauern eben beide immer noch um den Vater." Ich zog es vor zu schweigen. Und nun jährte sich das Weihnachtsfest also schon wieder. „Ist denn wirklich schon wieder Weihnachten?", fragte ich Anneke morgens beim Frühstück. Meine Tochter sah von ihrem Müsli hoch und runzelte die Stirn, und ohne eine Antwort von ihr abzuwarten wandte ich mich an Stefan, der mit am Tisch saß und Zeitung las, und sagte: „Ich meine, es war doch praktisch gerade erst Heiligabend, Stefan, es kann doch gar nicht sein, dass das Jahr schon wieder um ist." Von Stefan war nur das Rascheln der Zeitung zu hören. „Und überhaupt", fuhr ich fort. „ich finde, wir haben jetzt so oft Weihnachten zusammen mit deiner Mutter und deiner Schwester gefeiert, also wir könnten doch dieses Jahr einfach mal eine Pause machen. Was meint ihr?" Anneke und Stefan starrten mich jetzt beide an. „Na, ja, ich meine ja nur, wir könnten doch vielleicht einfach hier bei uns bleiben und ein ganz kleines Weihnachten feiern. So ohne deine Mutter und deine Schwester? Was denkst du, Stefan?" Eine Sekunde lang glaubte ich, in Stefans Augen einen Hoffnungsschimmer aufblitzen zu sehen, aber vielleicht hatte ich mich auch getäuscht. Dann sagte er: „Aber Leni, Mutter und Iris freuen sich doch immer so, wenn wir alle kommen." Es schien mir für den Moment klüger, das Thema zu wechseln. Ich hatte den letzten Heiligabend noch nicht vollständig verdaut und war noch nicht wieder bereit, mich auf beide einzulassen. Mittags klingelte das Telefon und Toni teilte mir mit, dass Iris überraschenderweise schon gestern, also eine Woche früher als geplant, in Straubing angekommen sei. Und sie sei gleich nach dem Frühstück in die Stadt gefahren, um vor den Weihnachtsfeiertagen noch einmal bei den Mietern nach dem Rechten zu sehen. „Denn es ist ja gut, dass wenigstens einer in der Familie sich verantwortlich fühlt und mal nach den Mietwohnungen und den Mietern in Straubing schaut. Du und Stefan, ihr kümmert euch ja gar nicht." Während Iris also in der Stadt unterwegs war, um die Mieter in Straubing mit ihren Kontrollbesuchen zu terrorisieren, zermarterte ich mir das Gehirn, wie ich in diesem Jahr um Weihnachten herumkäme. Ich zog ernsthaft in Erwägung, vom Apfelbaum in unserem Garten herunter zu springen, um mir vielleicht ein Bein zu brechen oder einen Auffahrunfall im Weihnachtsstraßenchaos von Düsseldorf zu inszenieren. Am Abend klingelte wieder das Telefon. Aus Angst, es könnte schon wieder Toni sein, schielte ich vorsichtig auf die Displayanzeige. Es war aber nicht die Telefonnummer von Toni, sondern eine mir nicht bekannte Handynummer. Ich nahm also ab und wurde schluchzend von einer Frau Overbeck begrüßt. Nachdem die Frau zehn Minuten ohne Punkt und Komma lautstark ins Telefon geschrien hatte, machte sie eine kleine Pause, um Atem zu schöpfen. Geistesgegenwärtig nutzte ich die Gelegenheit, um die Frage, die mir auf der Seele brannte, loszuwerden. Ich fragte: „Könnte es sein, dass Sie falsch verbunden sind? Ich glaube, wir beide kennen uns gar nicht." Die Frau stutzte und holte tief Luft, dann sagte sie: „Aber Sie sind doch Leni Pauli und wohnen in Düsseldorf?" Ehrlich erstaunt antwortete ich zögerlich: „Ja, die bin ich." „Also, dann habe ich ja doch die richtige Nummer gewählt", antwortete die Frau und fing sofort wieder an zu schreien. Vielleicht hatte ich während der ersten zehn Minuten nicht alles richtig verstanden. Doch jetzt, während des zweiten Teils des Monologes, hörte ich mehrfach den Namen Iris. Diese Frau Overbeck nannte den Namen meiner Schwägerin in einem Atemzug mit sehr vielen, äußerst unschönen Adjektiven, gefolgt von noch unschöneren Substantiven. Schlagartig wurde mir klar, dass diese Frau am Telefon eine Mieterin meiner Schwiegermutter sein musste. Eine Mieterin, die wohl nur Stunden vorher in ihrer Wohnung von Iris mit ihrem Weihnachtsüberraschungsbesuch beglückt worden sein musste. Als die Frau wiederum eine kleine Pause zum Atemholen einlegte, fragte ich schnell: „Was kann ich denn jetzt für Sie tun, Frau Overbeck?"

Zu meinem großen Erstaunen bekam ich keine Antwort und am anderen Ende der Leitung blieb alles ruhig. Für einen Moment lang glaubte ich, dass die Frau einfach aufgelegt hatte, aber dann hörte ich sie atmen. Ich fragte also noch einmal: „Hallo, Frau Overbeck, sind Sie noch dran?" „Sie darf meine Wohnung nie mehr betreten, andernfalls rufe ich die Polizei und zeige Ihre Schwägerin an." Ich sagte, was ich in diesem Moment für angemessen hielt: „Meine Schwägerin drückt sich unglücklicherweise manchmal etwas missverständlich aus. Sie ist aber ein herzensguter Mensch und sie meint nicht alles so, wie sie es sagt." Ich war sehr stolz über diese klitzekleine Lüge und war gespannt auf die Reaktion meiner Telefonpartnerin, doch zu meiner Enttäuschung passierte nichts. Und dann klickte es. Ich stellte das Telefon auf die Station zurück und ging in meine Küche, um einen starken Kaffee zu kochen. Während das Wasser in der Kaffeemaschine heiß wurde, dachte ich über das seltsame Telefongespräch und Stefans Schwester nach. Iris schlüpfte eigentlich jedes Jahr in ihren Deutschlandferien in die

Rolle der Vermieterin. Bedauerlicherweise war sie hierbei in der Vergangenheit oftmals über das normale Ziel hinausgeschossen. Das hing wohl auch damit zusammen, dass sie in dieser Rolle noch unerfahren war. Sehr unerfahren. Um es kurz zu machen: Iris tritt häufig und gerne schon beim Versuch die Wasseruhren abzulesen in absolut jedes Fettnäpfchen. Sie stößt alle Mieter vor den Kopf, schreit rum und sieht sich jedes Mal am Ende dieser Mieterbesuche als Opfer zahlloser Intrigen. Zu Eskalationen mit den verschiedenen Bewohnern ist es bisher auch jedes Jahr gekommen und es ist eigentlich verwunderlich, dass meine Schwiegermutter überhaupt noch Mieter findet, die bereit sind, in ihre Wohnungen zu ziehen und dafür Geld zu bezahlen. Und diese Geschichten, endlose Geschichten über die Weihnachtskontrollbesuche bei den Mietern in Straubing, werden stets während des Mittagsessens am ersten Feiertag von Iris in aller Größe und Breite berichtet. Das hat mittlerweile Tradition in Stefans Familie, und ich habe schon seit Jahren den Verdacht, dass Stefan auch nur noch aus diesem

Grund an Weihnachten nach Straubing zu seiner Mutter fährt. Er will nicht die kleinste Kleinigkeit der nacherzählten Mieterbesuche seiner Schwester verpassen. Er amüsiert sich dabei immer großartig. Ich kann das an dem Funkeln in seinen Augen erkennen. Als Stefans Mutter am nächsten Tag wieder bei uns anrief und ich ihr von Frau Overbecks Anruf erzählte, sagte sie nur: „Ich mache mir keine Sorgen wegen Frau Overbeck. Warum sollte ich auch, denn Iris weiß schon, was sie tut. Und überhaupt muss man diesen Leuten auch hin und wieder mal sagen, dass es nicht ihre Wohnung ist, in der sie wohnen. Kann ja nicht jeder machen, was er will, und wem es nicht passt, bitteschön, der soll doch ausziehen" Und dann schnaubte Toni zur Bekräftigung ihrer Worte in das Telefon und legte auf. Es war zwecklos meiner Schwiegermutter und Iris erklären zu wollen, dass die Mieter-Klientel heute nicht mehr die aus den siebziger Jahren des letzten Jahrhunderts war. Also zu der Zeit, als Stefans Vater die Mehrfamilienhäuser in Straubing gebaut hatte. Für Toni gab es nur Menschen, die Wohnungen besaßen und Menschen, die keine besaßen, und die, die keine besaßen, sollten froh sein, überhaupt irgendwo wohnen zu können. So sah das meine Schwiegermutter. Und dieses sehr vereinfachte Weltbild hatte Iris kritiklos von ihrer Mutter übernommen, und aus diesem Grund riefen Tonis Mieter ja auch hin und wieder bei Stefan und mir an. Wenn ich dann in endlosen Telefongesprächen Tonis Mieter beruhigt hatte und sie bereit waren, auf eine Anzeige gegen Iris wegen Beleidigung zu verzichten, dann konnte es passieren, dass Iris am ersten Weihnachtsfeiertag während des Mittagessens erbost vom Tisch aufstand und über die festliche Weihnachtsdekoration hinweg zu mir herüber brüllte: „Ich muss mir von dir, Leni, an Weihnachten nicht sagen lassen, in welchem Ton ich mit unseren Mietern reden soll." Gerade hat Iris angerufen, sie war wieder einmal sehr aufgebracht, denn ein Sturm in Hévíz hatte das Reetdach eines Ferienhauses komplett abgedeckt. Und sie machte mir innerhalb von Lichtsekunden klar, dass Stefan sich gefälligst auch mal was einfallen lassen könnte, immerhin sei es auch sein Ferienhaus, und ob ich überhaupt wüsste, was die Erneuerung eines Reetdaches kosten würde. Wo es sowieso so gut wie keine Handwerker mehr gäbe, die es noch beherrschten, ein Dach mit Schilfrohr zu decken, auch in Ungarn nicht, obwohl das immer alle Leute glauben. Und auch in Ungarn sei es mittlerweile eine sehr teure Angelegenheit, Reetdächer zu reparieren, aber Stefan und mich interessiere das ja sowieso nicht. Weil uns ja nichts an den Angelegenheiten der Familie in Ungarn interessiere, auch für sie würden wir uns nicht interessieren, jedenfalls nicht genug. Als sie nach zwanzig Minuten endlich mal eine Pause machte, um Luft zu holen und um sich eine Zigarette anzuzünden, nutzte ich die Chance und legte auf. Ich war mir sicher, dass Iris frühestens nach weiteren zwanzig Minuten merken würde, dass sie mit sich alleine weitersprach, wenn sie es überhaupt merkte. Gestern musste ich wieder zu einer Wohneigentümerversammlung, die bei uns im Haus stattfand. Stefan war auf einer Fortbildung und konnte schon wieder nicht hingehen.

Das wurde langsam etwas lästig, denn schließlich hatte er diese Eigentumswohnung gekauft, nicht ich. Aber es blieb mir wohl nichts anderes übrig, und ich hatte mir geschworen, meinen Fauxpas vom letzten Mal wieder auszubügeln. Lucas, Katharina und die anderen Nachbarn waren alle schon anwesend. Ich lehnte entschieden jede Form von Alkohol ab und zog fröhlich meine Thermoskanne mit grünem Tee heraus. Auch wenn ich mich in den Augen der anderen Wohnungseigentümer während der letzten Versammlung selber als schwere Alkoholikerin gebrandmarkt hatte, wollte ich doch nichts unversucht lassen, diesen Eindruck zu verwischen. Ich trank also munter Tasse um Tasse meinen Tee und lauschte dem öden Gerede über Rauchmelder und steigende Versicherungskosten. Und ich langweilte mich schrecklich. Da ich jedoch gute Manieren habe, ließ ich mir nichts anmerken. Mittlerweile ging es um die Renovierung der Hausfassade. Ich hatte in meinem ganzen Leben noch kein Haus von außen gestrichen und hatte auch nicht vor, damit anzufangen, das konnten Maler viel besser als ich, davon war ich überzeugt. Aber ich hielt meinen Mund und trank weiter meinen Tee. Die Diskussion war dabei, aus dem Ruder zu laufen, so sehr erhitzten sich die Gemüter, als es um die Auswahl der Farben für die Hausfassade ging. Denn Herbert, der Eigentümer aus dem Souterrain, hatte offensichtlich vergessen, dass das Haus unter Denkmalschutz stand. Und er wollte nicht einsehen, warum er es nicht dunkelrot anstreichen durfte. Diese Fassadenfarbe hatte er in einem Katalog für Heimwerker gesehen und er fand sie klasse. Mir war die Hausfarbe ziemlich egal, meinetwegen konnten sie das Haus auch schwarz anstreichen, so lange ich nicht selber Hand anlegen musste. Plötzlich fing Katharina an zu heulen und Monika, Herberts Frau, zog sich bis auf ihr Unterhemd aus, weil sie durch die hitzige Diskussion anfing zu schwitzen. Jetzt wurde mir auch heiß, vielleicht hatte ich es mit der Kanne Tee übertrieben, und ich verwünschte Stefan, weil er nie da war, wenn man ihn wirklich einmal brauchte. Aus einem unerklärlichen Grund musste ich plötzlich auch an Iris und Toni denken, und daran, wie sehr mich die beiden in der Vergangenheit aufgeregt hatten. Dann fielen mir wie aus heiterem Himmel viele Dinge im Zusammenhang mit den beiden ein, die ich ganz tief hinten in meinem Gedächtnis abgespeichert hatte. Dinge, von denen ich geglaubt hatte, dass sie nie mehr wieder in mein Bewusstsein dringen würden. Und plötzlich hatte ich nicht nur den sehr starken Wunsch, mich meines Pullovers zu entledigen.

Der Fleischkäse

Ich kann nicht gerade behaupten, dass ich Wahlbayerin gewesen bin für die Zeit, die ich in den vergangenen Jahren in einer sehr kleinen Stadt an der tschechischen Grenze in Ostbayern gelebt habe. Aber zugegeben: Ich bin jetzt sehr vertraut mit volkskundlichen Eigenheiten der niederbayerischen Bevölkerung, mit Trachtenumzügen und Festlichkeiten, mit Weißbier und Weißwürsten und viel, sehr viel Blaskapellenmusik. Mir als Nordrhein-Westfälin schien dies anfangs wie eine Erinnerung aus frühen Kindertagen, die den Familienurlaub am Chiemsee aus längst verflossenen Zeiten buchstäblich schmackhaft heraufbeschworen hatte. Aber ich will nicht zu viel vorwegnehmen. Ich hatte also gerade mein Studium beendet und zog, Mann und Säugling im Gepäck, dorthin, wo Waldmönche vor langer Zeit dem kleinen Ort seinen Namen gaben. Vielleicht sollte ich an dieser Stelle kurz erklären, dass ich schon immer gerne für mich war. Ich lese gern stundenlang alleine auf einer Bank in der Sonne in einem Park einen guten Roman oder liebe es, alleine spazieren zu gehen. Wissentlich habe ich jedoch nie den Wunsch geäußert, von der Gesellschaft isoliert, einsam vor mich hin zu leben. Und ich muss es ja schließlich wissen, außerdem widerspräche ein solcher Wunsch meiner Natur. Trotzdem wurde ich einige Wochen nach der Geburt meiner Tochter das Gefühl nicht los, dass die Menschen in diesem bayerischen Grenzort kein besonders großes Interesse an einer unbekannten jungen Mutter, von irgendwoher zugezogen, hatten. Nicht, dass sie mich auf der Straße nicht gegrüßt hätten, andeutungsweise ein kurzes Nicken mit dem Kopf, wenn keine Zeit mehr blieb, die Straßenseite zu wechseln. Aber sie dachten wahrscheinlich, dass ich lieber den ganzen Tag allein mit meinem Kind verbringen wollte. Sie müssen es alle gedacht haben, denn weder die jüngeren Frauen noch die älteren signalisierten mir, dass sie gern mal ein Stündchen ihrer Zeit mit mir gemeinsam verbringen würden. Auf einem gemeinsamen Spaziergang oder bei einer Tasse Kaffee. Ich erinnere mich an eine junge

Mutter, die Zwillinge im Kinderwagen spazieren fuhr und sympathisch aussah. Nachdem wir uns wochenlang jeden Tag um die gleiche Zeit mit unseren Sprösslingen begegnet waren und mittlerweile ein aufgeschlossenes Hallo ein zartes Band des Kontaktes zwischen uns hergestellt hatte, lud ich sie in einem spontan aus mir hervorbrechenden Bedürfnis nach sozialen Kontakten zu mir nach Hause zu Kaffee und Kuchen ein. Sie schien verdutzt, jedoch nicht abgeneigt, meine Einladung anzunehmen. Nach sieben weiteren Monaten schob sie zum ersten Mal ihren großen Zwillingssportwagen in die gekieste Einfahrt unseres Grundstücks. Trotzdem mochte ich Roswitha irgendwie, schließlich ist sie doch noch gekommen, und nach diesem Besuch noch ein- oder zweimal. Knapp zwei Jahre später bekam mein Mann das Angebot, beruflich in den Schwarzwald überzusiedeln. Wir fuhren zu dritt zu dem Vorstellungsgespräch. Es verlief alles zur Zufriedenheit und die Stelle wurde perfekt gemacht. Der zukünftige Chef meines Mannes empfahl uns, in der kleinen Stadt einen Kaffee zu trinken, um einen ersten Eindruck von der Stadt und den Menschen zu bekommen. Gesagt, getan. Wir parkten an der Volkshochschule und landeten in einer netten kleinen Eisdiele. Der Cappuccino war hervorragend, unsere Laune ebenfalls und vielleicht war an allem nicht zuletzt die Aussicht schuld, endlich Bayern für immer verlassen zu können. Bevor wir wieder zum Auto schlenderten, um die Rückreise anzutreten, entdeckten wir eine Metzgerei. Vielleicht war es die Macht der Gewohnheit, plötzlich wurde unter uns dreien der Ruf nach Fleischkäse laut. Wir betraten also das Geschäft und wurden von einer netten Dame sehr freundlich nach unseren Wünschen gefragt. Beladen mit Wiener Würstchen und Fleischkäsebrötchen traten wir kurz darauf wieder vor das Geschäft und plötzlich fiel mir ein Gebäude mit hübschen bunten Gardinen ins Auge. Auf den ersten Blick konnte ich nicht erkennen, was es war. Ein Laden oder ein Gemeindezentrum. Jedenfalls sah es sehr ansprechend aus mit diesen bunt gemusterten Gardinen. Ich stupste meinen Mann in die Seite und deutete über die Einkaufstüten hinweg auf die andere Straßenseite zum Familienzentrum, ohne zu ahnen, was mir da eigentlich ins Auge gefallen war. War es Instinkt oder einfach nur langsam in mir aufsteigende Panik? Wurde mir doch in diesem Augenblick klar, dass ich vom Tag der Umsiedelung an mit großer Wahrscheinlichkeit wieder im Loch der Einsamkeit versänke, wenn ich nicht sofort alle blitzartig in Erscheinung tretenden Möglichkeiten, eben dieses Loch zu vermeiden, ergreifen würde. Ich hastete also, Mann und Tochter wortlos hinter mir herzerrend, hinüber auf die andere Straßenseite, und stand dann vor einer großen Glastür, an der ein kleiner weißer Zettel hing mit einem Aufruf nach engagierten Müttern und Vätern, die Lust und Zeit hätten, das Café im Familienzentrum vor dem Aussterben zu retten. Und ob ich Lust hatte. Zeit hatte ich sowieso viel mehr, als mir lieb war. Kurz, wenn sich jemand durch diesen Aufruf bis ins Herz getroffen fühlte, so war ich es. Ich drehte mich zu meinem Mann um und fragte mit vor Aufregung brüchiger Stimme, ob er einen Zettel und einen Stift habe, um die an der Glastür angegebene Telefonnummer, unter der sich Interessierte melden sollten, notieren zu können. Ein Kugelschreiber fand sich in seiner Jackentasche, doch als Notizzettel hatten wir nur den Bon des städtischen Metzgers, bei dem wir gerade eingekauft hatten. Ich schrieb die Nummer sorgfältig ab und frohen Mutes stiegen wir kurz darauf ins Auto, um wieder nach Hause zu fahren. Wieder in Bayern ergab es sich, dass ich erst zwei Tage nach unserem Besuch Gelegenheit hatte, diese Telefonnummer anzurufen. Ich griff in meine Jackentasche, sicher, den Bon des Metzgers dort hinein gesteckt zu haben, und musste zu meinem Entsetzen feststellen, dass der Bon weg war. Vielleicht auf der Damentoilette irgendeines Rasthofs zwischen Würzburg und Nürnberg herausgefallen, kurz: der Zettel war weg. Und damit auch die Nummer. Das Problem mit der Nummer war jetzt aber, dass es die Telefonnummer einer Privatperson war, die wegen des Cafébetriebes anzurufen war. Da nutzte mir die freundliche Telefonistin der Deutschen Telekom gar nichts. Die Nummer war weg. Ich stand also mit dem Telefonhörer in meiner bayerischen Einbauküche und überlegte verzweifelt, wie ich das Café des Familienzentrums vor dem Aussterben retten könnte. Ich muss an dieser Stelle gestehen, dass es mir nicht nur um das Café ging, sondern viel mehr um das Loch. Denn, so wirbelte es in meinem Kopf herum, wenn erst das Café schließen würde, würde sicher kurz darauf auch das Familienzentrum schließen. Und das Ende vom Lied wäre dann sicher, dass ich quasi mit dem Koffer an der einen und meine kleine Tochter an der anderen Hand, gerade in der kleinen Stadt angekommen, vor verschlossenen Türen stünde und dann letztendlich dem Loch doch nicht würde entrinnen können. Es half alles nichts. Ich brauchte diese Nummer. Ich ging in der Küche hin und her und plötzlich fiel mein Blick auf eine Papiertüte. Die Tüte vom Metzger, bei dem wir den Fleischkäse gekauft hatten. Hatte ich schon meinen Bon verloren, so wusste ich jetzt doch den Namen des Metzgers. Und der Metzger hatte es aus seinem Geschäft nicht weit zum Familienzentrum, und damit also auch nicht weit bis zur Tür mit dem Aufruf und der Telefonnummer. Sekunden später meldete sich die freundliche Telefonistin der Telekom und fragte nach meinen Wünschen. Noch nie war ich so erleichtert gewesen, die Telefonnummer einer Metzgerei zu erfahren. Ich bedankte mich bei der netten Dame und noch bevor ich den Hörer auf die Gabel legte, suchte ich im Geiste schon nach den richtigen Worten, um entweder den Metzger oder eine seiner Verkäuferinnen dazu zu bringen, in ihrer Mittagspause kurz mal zum Eingang des Familienzentrums zu laufen, um die Nummer vom Zettel mit dem Aufruf für mich zu notieren. Ich wählte also sorgfältig die Nummer der Metzgerei und trug sehr freundlich meine Bitte vor. Und was passierte? Die ausgesprochen nette Verkäuferin sagte doch allen Ernstes: Dann bleiben Sie doch gleich mal am Apparat, ich geh´ schnell rüber und notier´ mir die Nummer. In diesem Moment schwor ich mir, zukünftig dieses Geschäft zu meiner Stammmetzgerei zu machen. Keine drei Minuten später gab die Dame mir die Telefonnummer der Zentrumsfrau durch, die ich noch am selben Tag anrief. Zwei

Tage später hatte ich das aktuelle Programm in meinem Briefkasten und damit hatte das Loch nun absolut keine Chance mehr. Übrigens, da können alle reden wie sie wollen, aber wenn wir keinen Fleischkäse hätten essen wollen, ...

Der Vater

Er scheint ausgeglichener zu sein als noch vor ein paar Wochen. Sonst eher mürrisch und voller Selbstmitleid hatte er vorhin bei unserem Telefonat nicht diese Spur von Misstrauen gegen die ganze Welt in der Stimme, die ihn sonst stets begleitet. In der kleinen Wohnung, in der er seit einiger Zeit lebt, wohnt nebenan eine Frau. Die kümmert sich um den 81-jährigen. Vor kurzem hat sie sich einen kleinen Mischlingshund aus dem Tierheim geholt. Der Vater war dagegen. Er hat geschimpft und sich furchtbar aufgeregt, denn Hunde seien laut und machten Dreck, und er könne ihn durch die dünnen Wände im Haus nachts bellen hören. Vor ein paar Tagen hatte die Nachbarin starke Zahnschmerzen. Sie konnte den Hund nicht mit zum Zahnarzt in die Praxis nehmen. Sie klingelte beim Vater. Widerwillig nahm dieser den Hund und die Leine entgegen und ging laut murrend zurück in seine Wohnung. Die Leine warf er achtlos auf einen Esszimmerstuhl, dann setzte er sich auf das Sofa und stellte den

Fernseher an. Der Hund blieb nahe der Wohnungstür stehen und verhielt sich abwartend. Der Vater starrte auf den Bildschirm. Der Hund beobachtete ihn. Nach einiger Zeit setzte sich der kleine Hund langsam in Bewegung und steuerte das Sofa an. Kurz davor blieb er stehen und schaute den Vater fragend an. Er wartete. Vom Vater kam keine Reaktion, er starrte weiter auf den Bildschirm. Und dann, ganz plötzlich, sprang der kleine Hund mit einem Satz zu ihm auf das Sofa und legte sich ganz eng neben ihn. Durch die Berührung des Hundes aufgeschreckt, drehte der Vater den Kopf zur Seite und sah auf den kleinen Hund. Dann drehte er den Kopf wieder zum Bildschirm und um seinen Mund herum sah man den Anflug eines kleinen Lächelns.

Der Fahrradfahrer

Der Junge fuhr in der Spätnachmittagssonne langsam mit seinem Fahrrad durch die ruhige Straße des kleinen Vorortviertels der Stadt. Vögel zwitscherten fröhlich in den Bäumen und eine alte Frau mit einer langen grünen Gartenschürze jätete in einem der Vorgärten Unkraut. Sie sah unvermittelt von ihrer Arbeit hoch und die Blicke der beiden trafen sich für einen kurzen Moment lang. Der kleine Junge hatte seine schmalen Lippen zusammengepresst und seine Hände umklammerten das Lenkrad so fest, dass seine Knöchel weiß hervortraten. Und so fuhr er, mit seinem auf dem Kopf verrutschten Fahrradhelm, angestrengt in die Pedalen tretend ohne einen Gruß an ihr vorbei. Und wenn die Frau nicht seinen Blick aufgefangen hätte, dann wäre die Traurigkeit in seinen grauen Augen achtlos an ihr vorbeigefahren.

Der Sohn

Die Mutter und der zehnjährige Sohn verließen ihre Wohnung und gingen zusammen die Treppenstufen hinunter. Während der Junge mit hängendem Kopf hinter seiner Mutter herschlich, sagte er leise: „Meine Lehrerin war heute ganz erschrocken, als sie gelesen hatte, was ich unter meinen Schulaufsatz geschrieben habe." Die Mutter drehte sich beim Laufen zu ihrem Sohn um und sah ihn an. Dann fragte sie: „Wieso, was hast du denn unter deinen Aufsatz geschrieben?" Der Junge zögerte ein wenig. Dann, als er der Mutter endlich antwortete, zitterte seine Stimme ein wenig und er antwortete: „I have no friends at school." Die Mutter drehte sich wieder nach vorn um. Ihr Gesicht nahm einen genervten Ausdruck an. Dann sagte sie mit gespielter Freundlichkeit: „Aber du hast doch so viele Freunde in der Schule. Du darfst aber auch nicht immer so einen Schabernack mit deiner Lehrerin treiben und sie mit solchem Unsinn ärgern." Der Junge schaute überrascht auf und öffnete schon den

Mund, um seiner Mutter zu antworten, doch dann besann er sich anders und schloss ihn wieder. Die Mutter öffnete die Haustür und trat ins Freie. Der Junge blieb einen kurzen Moment an der Haustür stehen und sah auf den Rücken der Mutter. Dann ging ein Ruck durch den kleinen Körper und er trat energisch hinaus und ließ die Haustür hinter sich ins Schloss krachen.

Abendessen

Missmutig saßen der Mann und die Frau sich an dem kleinen Tisch im Hotelrestaurant gegenüber. Jeder schaute auf seine Salatschüssel und ab und zu stocherte einer der beiden mit seiner Gabel lustlos im Salat herum. Gesprochen wurde von beiden kein Wort. Um das ältere Paar herum herrschte munteres Lachen und Gläserklirren an den anderen Tischen in dem vollbesetzten Raum. Die Kellner eilten beflissen mit Weinflaschen umher und Georg, der Oberkellner, der das Paar schon einige Zeit beobachtete, näherte sich nun den Stammgästen des Hotels und fragte freundlich: „Ist denn auch alles nach Ihren Wünschen?" Der achtzigjährige Otto Birnenbaum hob den Kopf und fixierte den Oberkellner mit seinen von Tränensäcken umrahmten Augen. Dann, ohne mit einem Wort auf die Frage zu antworten, senkte er nach ein paar Sekunden die Augen zurück auf seine kleine Salatschüssel und begann erneut lustlos darin herum zu stochern. Abwartend stand der Oberkellner noch einen Augenblick an dem kleinen Tisch, dann straffte er seine Schultern, lächelte und wandte sich beflissen den Gästen am Nachbartisch zu. Die Frau schaute nun auch von ihrer Salatschüssel hoch und sah zu ihrem Mann herüber. Dann, plötzlich, fuhr ihr Arm blitzschnell über den kleinen Tisch und fegte die Salatschüssel ihres Mannes von der weißen Dammasttischdecke auf den Parkettboden des Restaurants, wo sie laut krachend aufschlug und in zahllose Scherben zersprang. Erschrocken schauten die Gäste an den anderen Tischen zu dem betagten Ehepaar herüber. Für einen Moment war es ganz still in dem Restaurant geworden. Nur die kleine Kuckucksuhr an der Wand tickte laut und deutlich vernehmbar durch den Raum. Dann erhob sich der alte Mann langsam, schob schwerfällig seinen Stuhl zurück, schaute seine Frau an und sagte: „Genug."

Bücherbaum

Die Menschen lesen. Oder sie lassen sich vorlesen. Lesungen finden neuerdings überall statt. Jede Gemeinde, die auf sich hält, veranstaltet diese mit Lokalgrößen oder sogar mit echten Schauspielern. Ich gehe selten zu einer Lesung. Ich lese lieber für mich alleine auf meiner Dachterrasse oder in meinem Esszimmer. Und manchmal schreibe ich selber etwas. Für eine kleine Lokalzeitung oder auch einfach nur für mich. Es sprudelt dann aus mir heraus und ich muss über kein einziges Wort nachdenken, denn die Worte purzeln einfach von alleine auf das vor mir liegende Blatt Papier. Und so habe ich in den letzten Jahren angefangen, das Aufgeschriebene in Form zu gießen und drucken zu lassen. Einen kleinen Roman, eine Erzählung und später eine Sammlung mit Kurzgeschichten. Und heute Mittag, heute ist Samstag, aber für mich kein gewöhnlicher Samstag, bin ich zusammen mit meiner Tochter in die benachbarte Kleinstadt gefahren. Und ganz tief unten in meiner großen Handtasche lag ein

Exemplar meines kleinen Romans. Wir parkten das Auto auf dem Parkdeck eines großen Einkaufszentrums und fuhren dann mit der Rolltreppe hinunter ins Erdgeschoss, in dem um diese Zeit Hochbetrieb herrschte. Beim Betreten der Shopping-Mall blinzelte ich meiner Tochter verschwörerisch zu, die spöttisch zurück grinste und eine Sekunde später in den Edeka-Markt abbog. Plötzlich allein gelassen, spürte ich mein Herz aufgeregt klopfen. Langsam durchschritt ich die lange Mall und dabei fixierte ich mit meinen Augen ein kleines, unscheinbares Holzregal, das die Form eines Baumes hatte. Mein Herzklopfen wurde lauter. Ich meinte, alle Menschen um mich herum müssten es ebenfalls hören, aber niemand schien sich besonders für mich zu interessieren. Keine zehn Schritte von meinem Ziel entfernt waren nur noch ein Obdachloser und eine einzelne Frau in einem eleganten Damenkostüm zu sehen. Der Obdachlose hatte es sich in der Nähe des Holzregales an der Wand auf dem Fußboden bequem gemacht, und die Frau telefonierte mit ihrem Smartphone und schien dabei nachdrücklich auf jemanden einzureden. Ich steuerte weiter auf das kleine Regal zu und dabei tastete ich vorsichtig mit meiner linken Hand in meiner Tasche nach meinem Roman. Er lag noch so darin, wie ich ihn hineingelegt hatte. Und dann, am Ziel angekommen, blitzschnell, ohne noch einmal nach der Frau oder dem Obdachlosen zu schauen, zog ich ihn aus meiner Handtasche heraus und legte ihn auf ein Regalbrett in den kleinen Bücherbaum, der als Tauschbörse diente. Dann drehte ich mich sofort um und war ein paar Sekunden später schon die halbe Mall zurückgelaufen. Niemand schien etwas bemerkt zu haben. Die Leute in diesem Einkaufszentrum hasteten beladen mit Tüten und Beuteln an mir vorbei, aber für mich, für mich war es so, als hätte ich einen Teil von mir selbst in diesem Bücherbaum zurückgelassen.

Das Kind

Sie ist schnell genervt. Ihre Laune wechselt schneller als ein Rennwagen die Spur. Oft ist nicht vorherzusehen, wann der nächste Wutausbruch stattfinden wird. Schon der allerkleinste Anlass kann den Ausschlag geben. Und dann schreit sie sich ihre Wut aus dem Leib. Oder sie weint. Sie trauert immer noch dem Vater hinterher. An manchen Tagen malt sie sich aus, wie das Leben zu dritt verlaufen wäre. Vater, Mutter, Kind. In einem anderen Haus. In einem anderen Leben. Es ist anstrengend. Und häufig ermüdend. Ich hatte mir das Zusammenleben mit einem Kind anders vorgestellt. Irgendwie einfacher. Oft kann ich kaum essen in ihrer Gegenwart. Weil ich so angespannt bin. Ich versuche es schön zu machen. Für sie. Für mich. Für uns beide. Aber es ist für sie nicht schön. Ich kann es spüren. Vielleicht wird sie lernen es zu verstehen. Wenn sie älter geworden ist. Oft fragt sie mich, ob ich glücklich sei. Was soll ich dann antworten? Dass aus meinen Träumen auch nichts geworden ist? Aber dass es trotzdem schön ist. Manchmal. An manchen Tagen im Winter, wenn ich nach einem langen Spaziergang in die Wohnung zurückkomme, und dann anschließend, während das Feuer im Ofen allmählich anfängt zu prasseln und zu knacken, an meinem alten verkratzten Holztisch sitze und in einer Zeitung lese. Oder wenn ich meine Geschichten schreibe. Oder auch nur dasitze und an sie denke. An das Kind, das auf einmal groß geworden ist, und nun, weit weg von mir, in einem anderen Land in einer riesengroßen Stadt, alleine versucht glücklich zu werden. Unter all den vielen Menschen. Jeden Tag und jede Stunde.

Ankunft

Ich schaute liebevoll auf das Holz des kleinen Bettchens und die lustig im Wind flatternden bunten Vorhänge, die an einer Stange an der Stirnseite der kleinen Schlafstätte angebracht waren. Alles war so winzig und roch so frisch und neu. Die Sonne strahlte durch das weit geöffnete Fenster in das Zimmer hinein und alles im Raum schien sich auf deine Ankunft zu freuen. Der nagelneue Wickeltisch, die kleine Holzkommode mit den Stoffwindeln und auch der kleine hellbraune Steiffteddybär, der auf einem mit hellblauem Samt überzogenen Sessel saß. Nur du warst noch nicht da. Ich trat an das geöffnete Fenster und blickte hinaus in den Garten mit den vielen Frühlingsblumen. Die roten und gelben Tulpen, die Krokusse und die Narzissen wiegten ihre Köpfchen sacht im Wind hin und her. Für einen Moment meinte ich ein leises Summen von der nahen Blumenwiese zu hören. So, als wollten die Frühlingsboten dir ein kleines Willkommenslied singen. Doch plötzlich, während ich noch am Fenster stand und hinaus in den Garten schaute, überfiel mich ein starkes Angstgefühl. Was, wenn du dich bei uns nicht wohlfühlen würdest. Wenn du dir dein kleines Zimmer und auch deine Eltern anders vorgestellt hättest. Vielleicht würdest du, kaum bei uns angekommen, gleich wieder wegwollen. Woanders hin, zu anderen Eltern. Weil niemand dich gefragt hatte, ob du wirklich zu uns kommen möchtest.

Kollegin

Ihr Haar ist zu dunkel gefärbt für ihr Alter. Sie trägt es kurz geschnitten, fast wie ein Mann. Wenn sie jemandem direkt in die Augen schaut, flackert Misstrauen darin auf. Sie wird schnell hektisch. Spricht laut, weil sie schlecht hören kann. Macht eckige Bewegungen. Sie läuft durchs Gebäude, als müsste sie einen Marathon zurücklegen. Immer emsig. Fingert hier herum und da herum. Mischt sich ungefragt in alles ein. Sie ist viel zu präsent. Kann den anderen Erwachsenen nicht auf Augenhöhe begegnen. Sie hat es nicht gelernt. Nicht als Kind mit anderen Kindern und später im Leben auch nicht mehr. Sie will immer den Ton vorgeben. Sehr herrisch erteilt sie ungefragt Anweisungen. Sie lügt und stichelt, wenn sie den Augenblick für geeignet hält. Sie ist falsch und biedert sich beim Vorgesetzten an. Wenn man sie darauf anspricht, fängt sie sofort an zu weinen. Große Kullertränen rinnen dann ihre roten Bäckchen herunter. Sie schluchzt und beteuert, nur gute Absichten zu verfolgen. Und wenn sie dann später zur Toilette geht, um ihr tränennasses Gesicht zu waschen, dann versteift sie sich beim Blick in den Spiegel. Und all das, was an ihr nagt und sie quält, Tag für Tag, wird groß und immer größer.

Nachbarn

Ich wohnte in einem schönen alten Haus mit einem großen Garten. Und um mich herum wohnten viele andere
Menschen. Auch in schönen alten Häusern und mit großen Gärten. Mit manchen meiner Nachbarn hatte ich
Kontakt. Bei anderen war ich froh, wenn ich sie nicht so
häufig zu Gesicht bekam. Und wir lebten alle zusammen
in einer sehr kleinen Stadt. Im Haus rechts neben mir
wohnte eine sehr alte, verwitwete Dame. Und in dem
Haus links von mir wohnte ein Fabrikant. Er wohnte dort
mit Teilen seiner alten und seiner neuen Familie. Also
mit den Resten, die er noch nicht vollkommen entsorgt
hatte und mit den neu hinzugekommenen Eroberungen,
deren Zukunft noch nicht entschieden war. Und in einem
dieser Gärten, da fing die ganze Geschichte an. Mein
Haus war sehr alt und renovierungsbedürftig. Aber es
half alles nichts, denn wenn man gar nichts mehr repa-
rierte, dann flog einem erst die Dachrinne um die Ohren
und nicht lange danach auch der Rest des Hauses. Und

aus diesem Grund legte ich jedes Jahr eine Summe beiseite, um den alten Kasten instand zu halten. In einem Jahr musste ich neues Holz für den kleinen Balkon am Schlafzimmer kaufen und in einem anderen Jahr waren die Fenster zur Südseite dran, die sollten abgeschliffen und neu gestrichen werden. Da ich nicht alles alleine machen konnte und wollte, und Ludger zwei linke Hände hatte, bat ich hin und wieder meinen Nachbarn Martin, ob er Lust und Zeit hat, mir zu helfen. Martin arbeitete seit einiger Zeit nicht mehr und war insgeheim froh, wenn er sich mal was dazu verdienen konnte. Das gab er aber nicht offen zu und ich hütete mich, auch nur ansatzweise durchblicken zu lassen, was ich insgeheim dachte. Denn dann wäre es sofort mit der Nachbarschaftshilfe in der Mozartstraße aus gewesen. Martin war in manchen Dingen ein Sensibelchen, aber handwerklich wirklich geschickt und das war in den heutigen Zeiten bares Geld wert. Und er war mit Emma verheiratet, die wunderbar vegan kochen konnte. Und als Martin und ich uns mit der

neuen Holzverkleidung für meinen kleinen Balkon abge-
müht hatten, versorgte Emma uns zwischendurch mit leckeren Pancakes, die sie vom Garten durch die Holzstäbe
hochreichte. Das hatte Ernesto, der Flaschenfabrikant
von nebenan, wohl ein paar Mal durch seine bleiverglas-
ten, historischen Villenfenster beobachtet und dann stand
er plötzlich auch in meinem Garten und wollte von Emmas leckeren Pancakes probieren. Und Martin musste
hilflos von meinem Balkon aus mitansehen, wie erst die
Pancakes von seiner Frau bei Ernesto landeten und
schließlich auch Emma selber. Ich meine, das hat ja niemand wirklich gern. Dass die eigene Frau oder der eigene
Mann so mir nichts dir nichts einfach zuhause aus- und
ein Häuschen weiterzieht. So ging es wohl auch Elvira.
Denn die musste dann die Koffer packen und aus dem
gemeinsamen Haus mit Ernesto ausziehen, um für Emma
Platz zu machen. Wochenlang lud sie sich in den folgenden Wochen bei mir nachmittags zum Kaffee ein, um von
meinem Garten aus genau beobachten zu können, was

auf ihrem eigenen Grundstück so geschah. Denn da tummelten sich neben Ernesto und Emma auch noch die drei Töchter von Elvira und Ernesto und die beiden Söhne von Emma und Martin. Es war also ein wirklich bunt gemischter Haufen, der da johlte und lachte und offensichtlich viel Spaß miteinander hatte. Was Frau Ludwig dazu veranlasste, ebenfalls ihr Haus zu verlassen und uns unaufgefordert in meinen Garten zu besuchen. Und da sie als Witwe viel Zeit hatte, weil es keinen Mann mehr gab, für den sie hätte sorgen müssen, so saßen Elvira, Frau Ludwig und ich über Wochen in meiner Hollywoodschaukel und staunten nicht schlecht über all das, was nebenan so passierte. Hin und wieder gesellte sich auch Martin dazu, der das alles aber nie länger als eine halbe Stunde ertragen konnte und dann wie ein geprügelter Hund wortlos aufstand und wieder verschwand. Mein Nachbar Ernesto Rivari war ein Mann Anfang sechzig und objektiv betrachtet nicht mehr wirklich gut in Form. Er wusste es wohl selber und versuchte es mit Designeranzügen zu kaschieren. Wenn er in seinem Plymouth

Belvedere saß, der unwesentlich älter war als er selber, dann trug er außerdem gern eine alberne Sonnenbrille mit Spiegelglas. Von seinem Vater hatte er eine gutgehende Flaschenfabrik übernommen und neben dem Leben mit seiner Frau Elvira und den drei Töchtern genehmigte er sich in den letzten Jahren hin und wieder das, was man in diesen Kreisen so als kleine Abwechslung vom Alltag bezeichnet. Kurz und gut, bis zu dem Tag als Emma un-seligerweise Pancakes zubereitet hatte, verlief das Leben dieses Mannes in geordneten Bahnen. Martins Frau Emma hingegen war eine sehr schlanke, quirlige Mit-fünfzigerin, die sich seit Jahren übereifrig in der Wal-dorfpädagogik engagierte. Ob im Waldorfkindergarten, in der Waldorfschule oder im Waldorfsommerferien-camp. Immer war Emma an vorderster Front dabei, um pädagogisch das Optimum für ihre eigenen und das der anderen Kinder herauszuholen. Umso erstaunlicher war, dass ausgerechnet Ernesto sich für Emma interessierte. Denn mit amerikanischen Oldtimern und teuren Klamotten war eine Frau wie Emma nicht so leicht zu beeindrucken. Auch nicht mit Gourmetrestaurants oder einem Fünf-Sterne SPA-Bereich in der eigenen Villa. Und obwohl Ernesto mit Waldorfpädagogik nun wirklich nichts anzufangen wusste, fühlte Emma sich augenscheinlich sehr von ihm angezogen. Die Nachbarn in der gesamten Mozartstraße zerbrachen sich Monate lang den Kopf darüber, was die beiden aneinander fanden. Und das war ja das Schöne am Leben in einer Kleinstadt. Es passierten nicht so viele aufregende Abenteuer. Eigentlich passierte überhaupt nie etwas. Und aus diesem Grund hatten die Bewohner einer sehr kleinen Stadt auch so viel Zeit, sich Gedanken über ihre Nachbarn zu machen. Nun sollte man ja meinen, dass es den Menschen reichen würde, wenn sie alleine für sich in ihren eigenen vier Wänden ihre zwischenmenschlichen Beziehungen auslebten. Aber das stimmte in den meisten Fällen interessanterweise nicht. Es gab viele Personen, die offenbar eine Bühne brauchten, um sich und anderen ihr eigenes Leben vorführen zu können. So war es auch bei Emma und Ernesto. Alle Einwohner des kleinen Städtchens sollten ihr Glück mitansehen dürfen. Martin und Elvira eingeschlossen. Die beiden begrenzten ihre junge Liebe nicht auf den großen Garten der Villa von Ernesto. Sie lebten sie in allen Möglichkeiten einer Kleinstadt aus. So sah man sie in lauen Sommernächten eng umschlungen durch die Fußgängerzone schlendern oder an regnerischen Nachmittagen im Herbst am Fenster eines großen Stadtcafés sitzen und verliebt turtelnd Händchen haltend. Sie wollten eben einfach alle Menschen ihrer Umgebung an ihrem Glück teilhaben lassen. Jede Sekunde ihres gemeinsamen Glücks genossen sie in vollen Zügen. Und warum sollten sie sich denn auch verstecken, hatte denn nicht jeder Mensch das Recht auf ein bisschen Glück? Und verstecken kam für Ernesto und Emma gar nicht in Frage. Das taten sie ja auch sonst nicht. Auf dem Stadtfest suchten sie sich im Tumult des Spektakels eine lauschige Bank mitten im Stadtzentrum und turtelten vor aller Augen glücklich beseelt miteinander herum. Und wenn man nicht hin und wieder zufällig Martin in seiner Garage einsam an seinem Motorrad hätte herumschrauben sehen oder Elvira, die mit verheulten Augen gebeugt durch den Supermarkt schlich, dann hätte man fast vergessen können, welcher Preis für das Glück dieser beiden gezahlt werden musste. Aber so war es ja immer. Das Glück der einen war nicht zwangsläufig schön für alle anderen. Und wo kämen wir denn dahin, wenn wir nur aus Rücksicht auf andere ständig zurückstehen müssten und dadurch selber unglücklich würden. Das hatte sich wohl auch Emma gedacht. Wenn es um das persönliche Wohlergehen ging, durfte man nicht zimperlich sein. Rudolf Steiner hin oder her. Ernesto konnte Emma Dinge bieten, da hatte sie ihr Leben lang nur von geträumt. Und was machte es da schon, dass er auch nicht mehr ganz frisch war. Wenn sie in dem Plymouth Belvedere saß und Frau Ludwig anerkennend zu ihr herüberwinkte, dann war ihr die Waldorfpädagogik plötzlich nicht mehr so wichtig. Ihre Arbeit in der Waldorfschul kam ihr plötzlich so überbewertet vor. Und sie sehnte sich schon so lange nach ganz anderen Dingen. Nicht immer nur Bestellware von Hess Natur und selbstgebatikte Schals. Oder Hanfkleider, in denen man aussah, als ob man noch hineinwachsen müsste. Mit Ernesto mal eben an die Riviera fliegen, das war etwas, womit man wirklich in der Nachbarschaft punkten konnte. Zumal er sogar einen kleinen Zweisitzer besaß und die Lizenz zum Fliegen. Mit der Nachbarschaft war es nun einmal, wie mit einem neuen Job. Ob man sich mit ihr wohlfühlte oder nicht, man musste sich arrangieren. Ich hatte schon die unterschiedlichsten Nachbarn. Ob in einer gemieteten Wohnung oder im Eigentum. In einem eigenen Haus hatte man meistens nur auf dem dazu gehörenden Grundstück mit den Nachbarn zu tun, aber auch bei einem Hauskauf konnte es einen wirklich schlimm treffen. Auch wenn einem das Haus und der Garten noch so gut gefielen. Der Nachbar wohnte Zaun an Zaun mit einem. Und dann konnte es passieren, dass man zu wünschen anfing, man wäre in der Mietwohnung geblieben. Ich saß bei meiner Freundin Claudia im Esszimmer und trank gemütlich ein

Glas Sekt mit ihr, als es plötzlich an der Haustür klingelte. Claudia sah mich überrascht an und fragte: „Wer kann das denn jetzt sein?" Ich runzelte die Stirn. Hatte ich mich doch auf einen gemütlichen Abend gefreut und jetzt stand sicher wieder Herbert bei Claudia vor der Tür. Ein Orthopäde mit ausgeprägtem Spürsinn für Single-Frauen. Er wohnte auch in unserer kleinen Stadt, nur ein paar Straßen weiter, und interessierte sich jetzt schon eine ganze Weile für Claudia, die sich seine kleinen Aufmerksamkeiten und Schmeicheleien auch gerne gefallen ließ, aber kein Abenteuer mit dem durchtrainierten Arzt suchte. „Ist doch egal. Mach nicht auf, es ist doch gerade so gemütlich", antwortete ich. Claudia lächelte und prostete mir mit ihrem Sektglas zu. Dann stand sie auf, um ihre Wohnungstür zu öffnen. Ich horchte angestrengt in den Wohnungsflur hinein. Alles war totenstill. Nach ein paar Sekunden wurde ich unruhig, denn das war so gar nicht Claudias Art. Also, so still und leise zu sein. Claudia war immer laut. Immer lebhaft. Und zwar in jeder nur möglichen Lebenslage. Entweder war sie jetzt im Moment nicht an ihrer eigenen Wohnungstür oder sie war tot. Ich schaute auf die halbgeleerte Sektflasche. So betrunken konnte ich noch nicht sein. Wenn kurz vorher in Claudias 160 m² großen Wohnung etwas Schreckliches passiert wäre, hätte ich das mitbekommen. Ich entschloss mich nachzuschauen. Behutsam stand ich auf und schob meinen Stuhl zurück. Als ich den Flur betrat, blieb ich wie vom Donner gerührt stehen. Da lagen sich doch tatsächlich Emma und Claudia in der geöffneten Wohnungstür in den Armen und taten beide keinen Mucks. Ich wartete einige Sekunden ab und dann hörte ich mich selber in die Stille hinein fragen: „Würdet ihr beide mir erklären, was das hier zu bedeuten hat?" Claudia rührte sich als erste und sagte mit bebender Stimme: „Stell dir vor, der Schweinehund hat sie rausgeschmissen." Da konnte man doch sagen, was man wollte: Die besten Geschichten schrieb doch wirklich das Leben selber. Ich war auf dem Weg nach Hause und ließ die Ereignisse des Abends vor meinem Auge Revue passieren. Damit hatte ja nun wirklich keiner in unserer Kleinstadt gerechnet. Und es gab ja nun wirklich nicht wenige Leute, die sich Gedanken um das Liebesleben des Flaschenfabrikanten machten. Ernesto Rivari war aber auch so präsent. In der Stadt, in der Tageszeitung, bei der Ausübung seiner Ämter im Gemeinderat und im Kreistag. Überall erhob er seine Stimme. Wenn man nichtsahnend morgens zur ersten Tasse Kaffee die Zeitung mit den Lokalnachrichten aufschlug, dann konnte es passieren, dass er einen von einem großformatigen Foto herab jovial anlächelte. Oder er teilte sich unaufgefordert in einem der unzähligen Leserbriefe mit, die er häufig verfasste. Ob man wollte oder nicht, man begegnete diesem Mann, so sehr man sich vielleicht auch bemühte, es zu vermeiden. Und nun das: Ernesto hatte eine neue Liebe gefunden. Und das hatte er Emma vor wenigen Stunden ohne viel Umschweife mitgeteilt. Und daraufhin gab es einen Riesenkrach zwischen den beiden, der damit endete, dass Emma packte, ihre beiden Söhne ins Auto setzte und bei ihrem Vater ablud und sich selbst anschließend bei Claudia. Man konnte es hin- und herdrehen, wie man wollte. Emma war jetzt obdachlos. Denn Martin hatte sich lautstark geweigert neben seinen beiden Söhnen auch noch seine Ehefrau wieder ins gemeinsame Haus aufzunehmen. Das junge Glück war zerstört. Das wusste schon die gesamte Stadt, denn Frau Ludwig hatte alles live an ihrem Wohnzimmerfenster mitangesehen und es dann anschließend an eine gute Bekannte weitergegeben. Und es war alles doch so überraschend gekommen, praktisch wie aus heiterem Himmel. Jedenfalls für einen von den beiden. Emma zermarterte sich den Kopf darüber, was sie übersehen haben konnte. Ernesto war ihr gegenüber stets so aufmerksam gewesen, so höflich und galant wie immer. Gut, er war in den letzten Monaten hin und wieder auf Geschäftsreise gewesen, aber nicht länger als sonst auch. Oder jedenfalls hatte sie es nicht so empfunden. Und außerdem war es ja auch mal schön, ein paar Tage alleine in der großzügigen Villa zu verbringen. Und wenn sie es sich und auch sonst niemandem auf der Welt jemals eingestanden hätte, so gab es durchaus Momente in den vergangenen Monaten, in denen sie sich hätte vorstellen können, für immer alleine in der Villa zu leben. Es gab diese Szenarien. Tagträume. In denen sie sich ausmalte, wie es an der Haustür der Villa klingelte und ein Polizist ihr die traurige Nachricht vom tragischen Unfalltod ihres Lebensgefährten überbrachte. Und dann eine Testamentseröffnung, bei der zur Überraschung der drei eigenen Töchter der ganze Besitz ihr allein zugesprochen wurde. Für gemeinsam verbrachte Stunden der Liebe und Zweisamkeit. Und nun sah bei Licht betrachtet alles ganz anders aus. Sie war schlicht fallen gelassen worden, sie war abgemeldet. Für eine 25-jährige, sehr ehrgeizige DH-Studentin. Erst kürzlich beim Friseur hatte sie es zu spüren bekommen, als Frau Ludwig sich sehr angeregt mit einer Bekannten unterhalten und sie selber nur mit einem flüchtigen Kopfnicken gegrüßt hatte. Und ebenso etwas später in der Post, als sie in der langen Schlange vor dem Schalter stand und Ernestos Putzfrau sie einfach übersah. Emma stand in Claudias Badezimmer vor dem riesigen Spiegel und musterte sich kritisch. Es war Dienstag und dienstags fanden die Gemeinderatssitzungen statt. Sie starrte ihr eigenes Spiegelbild an, nein, so leicht würde sie sich nicht abservieren lassen. Das hatte sie gar nicht nötig. Und wer glaubte dieser Mann eigentlich zu sein? Mit einer Frau wie ihr machte man so etwas nicht. Erst hinein in die Villa und dann wieder hinaus. Und niemand im städtischen Rathaus erwartete, dass sie dort einfach so auftauchen würde, auch Ernesto nicht. Und damit würde sie ihn überrumpeln. Sie zwinkerte sich zufrieden im Spiegel zu, straffte die Schultern und verließ entschlossen zu allem das Badezimmer. Von Claudias Wohnung war es nur ein kurzes Stück bis zum Rathaus, das konnte sie gut zu Fuß gehen. Emma sah auf ihre Armbanduhr. Sie hatte noch zwei Stunden Zeit, denn sie musste vorher dringend mal nach Hause. Martin war um diese Zeit sicher mit dem Motorrad unterwegs. Und die Kinder waren dienstags immer beim Fußballtraining. Also konnte sie ungehindert ins Haus gehen und an den Safe. Sie machte sich auf den Weg und als sie gerade in die kleine Seitenstraße einbog, in der ihr Reihenhaus stand, kam ihr ihre Nachbarin Ute entgegen. Es war wirklich lästig. Ausgerechnet diese geschwätzige Ute. Immer, wenn man mal gerade niemanden sehen wollte, musste natürlich jemand aus der Nachbarschaft auftauchen. Doch zu ihrer grenzenlosen Überraschung ging Ute einfach an ihr vorbei, ohne sie zu grüßen, so, als wäre sie, Emma, ein Geist. Sie blieb einen kurzen Moment auf der Straße stehen und starrte ihrer Nachbarin ungläubig hinterher. So war das also, sie wurde als persona non grata behandelt. Nun, das war gut zu wissen, denn dann würde sie Ute zukünftig auch nicht mehr zu ihrem Adventskaffeekränzchen einladen. Sie schüttelte energisch ihre Gedanken ab und ging mit schnellen Schritten weiter bis zu ihrem Reihenhaus. Sie trat an die Haustür und horchte auf mögliche Geräusche. Alles war still im Haus. Niemand schien zuhause zu sein. Ganz so, wie sie es vorausgesehen hatte. Sie schloss die Haustür auf und trat in den kleinen Hausflur. Durch die geöffnete Wohnzimmertür sah sie sofort, dass bei ihr eingebrochen worden war.

Emma runzelte die Stirn und hörte plötzlich hinter sich ein Geräusch, doch noch bevor sie sich umdrehen konnte, spürte sie einen heftigen Druck in der Herzgegend, dann wurde um sie herum alles dunkel. „Meine Güte, stell dir vor, so etwas passiert wirklich. Hier bei uns in der Stadt." Claudia war ehrlich erschüttert. Sie war nachmittags bei Emma im Krankenhaus gewesen, die seit dem Vormittag nun nicht mehr auf der Intensivstation behandelt werden musste. Sie hielt mir ihre leere Kaffeetasse hin, die ich erneut unter den Aufguss meiner Kaffeemaschine stellte und fuhr fort: „Sie wollte einfach nur kurz ins Haus, um ein paar Bankunterlagen zu holen. Und wurde dort von einem Einbrecher brutal niedergeschlagen." Ich nickte. Es war wirklich eine schlimme Geschichte, wenn es bei Licht betrachtet auch merkwürdig war, dass der Einbrecher sich ausgerechnet das bescheidene Reihenhäuschen von Emma und Martin ausgesucht hatte, wo es doch in der Straße sehr viel exklusivere Neubauten gab, denen man schon von weitem ansah, dass ihre Besitzer auch bei der Innenausstattung an nichts gespart hatten, was gut und teuer war. „Und in keinem der anderen Häuser wurde eingebrochen?", fragte ich Claudia. Meine Freundin schaute mich nachdenklich an und meinte dann zögernd: „Nein, soweit ich weiß, wurde nur in Emmas Haus eingebrochen." Wir sahen uns einen Moment lang schweigend an, dann sagte Claudia: „Ja, ich habe auch schon darüber nachgedacht. Schon komisch, dass dieser Einbrecher nicht wusste, dass es das einzige Haus in der ganzen Straße ist, wo definitiv nicht viel zu holen ist." „Und wenn er gar nichts stehlen wollte", antwortete ich. Claudia stürzte den Rest ihres heißen Kaffees herunter und machte eine abwehrende Handbewegung. „Ich denke, es war einfach ein Idiot. Oder vielleicht ein Auftragskiller, den Martin engagiert hat, um sich für die Geschichte mit Ernesto zu rächen." Sie stand auf und lachte unbekümmert: „Wie auch immer. Ich muss jetzt los zur Kosmetikerin und es geht Emma ja schließlich auch schon wieder besser." Und dann war Claudia auch schon zur Haustür hinaus und verschwunden. Ich rührte mit dem Löffel in meiner Kaffeetasse herum. Emma hatte, ob sie wollte oder nicht, in den letzten Monaten nun für reichlich Gesprächsstoff in unserer kleinen Stadt gesorgt. Erst durch ihre plötzliche Liebe zu Ernesto, dann durch den Rausschmiss aus der Fabrikantenvilla und nun auch noch als Opfer eines Überfalls am hellen Tag im eigenen Haus. Über zu wenig Anteilnahme in den Köpfen ihrer Mitmenschen musste Emma sich nun wirklich keine Sorgen machen. Und als wenn sie alle Einwohner des kleinen Städtchens nicht schon genug verblüfft hätte, sorgte sie einige Tage, nachdem sie das Krankenhaus verlassen hatte, erneut für Klatsch und Tratsch. Denn Emma zog wieder bei ihrem Ehemann und ihrer Familie ein. Sie nahm die Arbeit in der Waldorfschule, beim Waldorfsommercamp und im Waldorfkindergarten wieder auf, und sie schlüpfte auch ganz selbstverständlich wieder in ihre Hanfkleider mit dazu passenden selbstgebatikten Schals. Ab und zu sahen ihre Nachbarn den Paketboten bei ihr klingeln, der Bestellware von Hess Natur anlieferte, und es war fast so, als wenn es Ernesto nie in ihrem

Leben gegeben hätte. Ihn, den Flaschenfabrikanten mit der Villa und der Lizenz zum Fliegen.

Augen

Sie lacht mit den Kindern im Garten. Laut jubelnd wird der Kuchen, den sie verteilt, von den vielen kleinen Händen entgegengenommen. Sie prostet dem Bruder und der Schwägerin mit dem gefüllten Sektglas zu. Und doch lacht nur ihr Mund, wenn sie lacht. Ihren Mann schaut sie nicht einmal an diesem Nachmittag an, denn sie weiß, dass seine Augen lügen, wenn er sie anlacht.

Gier

Sie ist noch nicht alt. Keine sechzig. Das Arbeiten hat sie schon vor Jahren aufgegeben. Es gibt keine Struktur in ihrem Tagesablauf. Sie lebt von Zigarette zu Zigarette. Das Essen und das Trinken haben einen besonderen Stellenwert in ihrem Leben. Das Rauchen ebenso. Sie kann beim Autofahren keine Minute auf Snacks, die sie unaufhörlich in sich hineinschiebt, verzichten. Auch wenn sie Musik hört, muss diese aus dem Lautsprecher dröhnen. Die Gier hat sich ihrer bemächtigt. Die Fressgier. Die Gier nach Alkohol. Die Gier nach allem. Sie ist stark übergewichtig, aber es scheint ihr egal zu sein, wie sie aussieht. Beim Gehen krümmt sie sich neuerdings zusammen. Immer hält sie eine Hand in die Seite gestemmt und verzieht dabei das Gesicht, als hätte sie Schmerzen. Sie stöhnt gerne laut bei jeder kleinsten Anstrengung. Dabei gibt sie Sätze von sich, die lauten: „Ich kann ja nur langsam machen, wie eine Schnecke." Sie hat keine

Scham und keinen Anspruch. Nicht an sich und nicht an das Leben. Nur diese Gier.

Abschied

Sie halten sich nicht an die Spielregeln des gesellschaftlichen Lebens. Das haben sie nie getan. Er nicht und sie auch nicht. Sie interessieren sich nicht für das Wohl von anderen. Nur sie allein stehen im Zenit ihrer eigenen kleinen Welt. Sie stellen etwas dar in der Gemeinde, in der sie leben. Als erfolgreiche Geschäftsleute wollen sie wahrgenommen werden. Tag und Nacht. Aber für den Erfolg sollen andere arbeiten, sie wollen nur den Gewinn einstreichen. Als Erben eines Familienunternehmens verhalten sie sich wie launische Kinder. Sie mussten nicht für den Erfolg arbeiten, das haben andere für sie getan. Es erscheint ihnen ganz selbstverständlich, immer auf der Sonnenseite zu stehen. An manchen Tagen grüßen sie ihre Angestellten nicht einmal, es scheint unter ihrer Würde zu sein. Sie reflektieren das eigene Verhalten nicht. Die Tragweite ihres Benehmens und ihrer Handlungen ist ihnen nicht bewusst, weil sie sich nur um sich selber drehen. Wer den Mut hat, sie zu kritisieren, muss gehen. Als ich meinen schriftlichen Abschied einreiche, kennzeichnet Nichtachtung und Überheblichkeit ihr Verhalten mir gegenüber. Kein freundliches Wort, kein ehrlicher Blick in die Augen. Sie wollen so groß sein im Spiel des Lebens und sind doch so klein.

Der Schneeräumdienst

Es hatte tagelang ohne Unterlassung geschneit. Eigentlich hatte kein Mensch mehr mit solch riesigen Mengen von Schnee im Schwarzwald gerechnet. Nach vielen Wintern fast ganz ohne Weiß, wirkten diese Schneeberge nun schon etwas beängstigend. Auch sie musste sich erst wieder daran gewöhnen. An diesem Morgen fing ihr Dienst schon früh um sechs Uhr in ihrer Firma an. Es ging nicht anders. Eine Gruppe wichtiger Geschäftsführer aus dem Ausland übernachtete im Gästehaus und sie war an diesem Tag für sie zuständig. Sie quälte sich also um halb fünf in der Früh aus ihrem Bett und schaufelte anschließend beherzt ihr zugeschneites, kleines Auto vom Schnee frei. Dann fuhr sie mit bangem Herzen in der Dunkelheit langsam los. Durch verschlafende Dörfer und lange Waldabschnitte. Horrorbilder von Glatteis, Schneebruch und unpassierbar gewordenen Wegstrecken waren ihre qualvollen Begleiter in dieser Morgenstunde. Immer wieder schaute sie zu den völlig verschneiten

Bäumen mit tief auf die Straße herabhängenden Ästen hoch und betete im Stillen darum, nicht Opfer einer Katastrophe zu werden. Durch das eingeschaltete Fernlicht sah sie schon von weitem auf der linken Spur einen LKW gegen den Schnee unter seinen vielen Reifen ankämpfen und schließlich stecken bleiben. Mit Schweißtropfen auf der Stirn fuhr sie tapfer an ihm vorbei und weiter durch den dunklen Wald. Nach einer schier endlos anmutenden Fahrt, bog sie endlich erleichtert in die kleine Stadt ein, in der sich auch das Gästehaus befand. Sie durchquerte langsam den schlafenden Ort und fuhr dann in eine Seitenstraße, die am Fuße einer kleinen Anhöhe gelegen war. Ein Blick auf die Uhr zeigte ihr, dass sie gut in der Zeit war. Sie atmete auf und dann blieb sie stecken. Nichts ging mehr. Nicht nach vorne und auch nicht mehr zurück. Sie trat das Gaspedal durch wie wahnsinnig. „Das kann doch jetzt nicht wahr sein", murmelte sie fassungslos vor sich hin. Auf den letzten achthundert Metern hatte der Schnee sie nun doch noch in den Würgegriff genommen. Sie machte den Motor aus und starrte sekundenlang ratlos durch die Windschutzscheibe, dann hörte sie Motorengeräusche. Reflexartig drehte sie den Kopf in die Richtung, aus der die Geräusche kamen, und schaute auf ein im Dunkeln liegendes Firmengelände ganz in der Nähe. Sie sah einen Schneepflug, der gerade seine Arbeit aufgenommen hatte. Instinktiv schaltete sie die Warnblinkanlage ein und stieg aus ihrem Auto. Schnell robbte sie sich mit ihren Armen und Beinen so gut es ging durch die Berge von Schnee auf den Pflug zu. Der Mann in dem Fahrzeug hatte sie noch nicht bemerkt. Sie winkte wild und machte Zeichen, dass sie ihm etwas sagen wollte, doch der Mann reagierte nicht und verrichtete stoisch weiter seine Arbeit. In ihrer Verzweiflung, denn sie hatte jetzt wirklich nicht mehr viel Zeit bis zu ihrem Dienstbeginn und die rettende Hilfe war ja praktisch in greifbarer Nähe, warf sie sich mit ihrer ganzen Körpergröße der Länge nach in den Lichtkegel seiner großen Scheinwerfer. Der Schneepflug machte einen Hopser und ging aus. Plötzlich war alles totenstill. Dann öffnete der Fahrer die Tür und brüllte heraus: „Sind Sie verrückt geworden? Gehen Sie mir aus dem Weg, damit ich meine Arbeit machen kann." Sie rappelte sich aus dem Schnee auf, sprang mutig geworden an die Fahrertür und rief: „Bitte, ich stecke da vorne fest und muss in ein paar Minuten oben im Gästehaus sein. Könnten Sie mir vielleicht helfen?" Der Mann starrte die Frau einen Augenblick lang unfreundlich an. Dann fragte er zurück: „Gästehaus?" Sie nickte stumm. Wieder starrte er sie einen Moment lang an. Dann, ohne ein weiteres Wort, startete er seinen Pflug und fuhr vor ihr den kleinen Berg hoch. Als sie ein paar Minuten später endlich vollkommen erschöpft ihr Ziel erreicht hatte und den vielen Schnee vor dem kleinen Gästehaus wie ein Meer aus Diamanten im Mondlicht funkeln sah, da schien ihr der Ort wie aus einer anderen Welt zu sein.

Sie

Sie läuft hin und her. Hin und her. Mehrmals am Tag. Von einer Wohnung zur anderen. Manchmal hält sie sich kaum ein paar Minuten in der einen Wohnung auf, dann hält sie es nicht mehr aus und verlässt sie sofort wieder. Sie kommt nicht zur Ruhe. Diese Rennerei spiegelt ihre Qualen. Die beiden Wohnungen sind Teile ihres Lebens. Nach der Scheidung ist die Mutter in die eine Wohnung gezogen, der Vater in die andere. Doch sie ist längst erwachsen. Studiert. Hat ihre eigene Wohnung. In einer anderen Stadt. Und trotzdem. Sie ist nur zu Besuch bei den Eltern und es wird mit jedem Tag schlimmer. Als wenn sie gegen die eigene Vergangenheit anlaufen wollte. Sie will nicht darüber reden. Es ist unmöglich, an sie heranzukommen. Nur das Laufen in den Straßen lässt sie für Augenblicke ruhiger werden.

Fleisch und Würste

Gestern am zweiten Weihnachtsfeiertag trug ich bei meinem Spaziergang in meiner Tasche eine Plastiktüte. Darin eingewickelt waren ein großes Stück Fleisch und drei Leberwürste. Ich hatte mich zu Fuß auf den Weg zum Golfplatz in unserer kleinen Stadt gemacht und wollte an diesem Nachmittag durch den frisch gefallenen Schnee wandern. Das Fleisch und die Würste waren mit von der Partie, weil ich dieses heimlich und unauffällig auf meinem Spaziergang entsorgen wollte. Normalerweise gebe ich meine Bioabfälle ordnungsgemäß getrennt in den Hauskompost oder in die Biotonne. Ich mache eigentlich nie etwas Illegales. Nicht, weil ich ein besonders guter Mensch bin, sondern einfach, weil ich es nicht in Ordnung finde, wenn Menschen ihre ausgedienten Autoreifen einfach in den Wald schmeißen oder Wagenladungen von hauseigenem Restmüll auf dem Sammelcontainerplatz vor den Altglas-Containern abladen und dann dort liegenlassen. Aber dieses große Stück Schinken und die drei Leberwürste in meiner Handtasche konnte ich unter keinen Umständen in meiner eigenen Biotonne entsorgen. Ich konnte und wollte sie aber auch nicht essen. Nicht, weil sie irgendwie nicht gut waren, aber sie rochen anders als die Fleischstücke und Würste, die ich für gewöhnlich bei meinem Metzger kaufte. Und ewig konnte ich sie ja auch nicht in meinem Kühlschrank lagern. Schuld an allem war meine neue Nachbarin aus Rumänien, denn sie hatte mir vor drei Tagen bei der Übergabe eines riesigen Weihnachtsgeschenkkorbes an mich mit strahlenden Augen erzählt, dass ihr Mann Damian vor einiger Zeit ein Schwein bei einem Bauern aus der Umgebung gekauft habe. Bei einem Freund in dessen Garten habe er dieses dann eigenhändig geschlachtet, nach Hause geschafft, auf den großen Küchentisch gewuchtet und dort zerlegt. Seit diesem Gespräch tauchte schon unzählige Male vor meinen Augen ein bizarres Szenarium auf. Ob ich wollte oder nicht, unfreiwillig stieg es vor mir auf, ich konnte mich einfach nicht dagegen wehren. Jedes Mal, wenn ich die Kühlschranktür öffnete und die

Fleischware anschaute, trat das Bild des Schweinemassakers in einem mir unbekannten Garten vor meine Augen und seine damit verbundenen Folgen, ausgeführt in der sehr kleinen Einliegerwohnung in unserem Mehrfamilienhaus, drei Stockwerke unter mir. Ich konnte machen, was ich wollte, diese Bilder tauchten einfach vor meinem inneren Auge auf. Dem von Herzen überreichten Weihnachtspräsent konnte ich seit diesem Moment keine wirkliche Freude mehr entgegenbringen. Und ich musste schnell eine Lösung finden, da die Lebensmittel ja auch nicht ewig in meinem Kühlschrank bleiben konnten. Andererseits war Weihnachten das Fest der Liebe. Und ich wollte meine neuen Nachbarn doch auch nicht kränken. Der Plan, alles in der hauseigenen Biotonne zu entsorgen, war einfach wegen des Risikos erwischt zu werden, zu groß. Was, wenn sich das Zeitungspapier durch das viele Fett der Würste und des Schinkens noch vor der nächsten regulären Abfuhr auflösen würde und alles dann für jeden sichtbar in der Tonne läge. Ich konnte ja nun wirklich auch nicht stündlich nachschauen, ob das Papier noch hielte. Das würde dann auch merkwürdig auffallen und möglicherweise Anlass zu Vermutungen geben. Schließlich kam mir ganz zufällig durch eine Tiersendung im Fernsehen die rettende Idee. Obwohl ich keine ausgesprochene Hundenärrin bin, war doch bei Licht betrachtet eigentlich nichts dagegen einzuwenden, wenn ich ein Würstchen oder ein Stück von dem Schinken an die vielen, munter durch den Schnee tollenden Hunde in unserem Viertel abgeben würde. Dann hätten auch die Vierbeiner eine kleine Weihnachtsfreude und anschließend wäre in meinem Kühlschrank alles wieder so, wie es sein sollte. Ich lief also gestern Nachmittag los und etwas aufgeregt befühlte ich bei den ersten Schritten mit meiner Hand das in der Tasche liegende Gut. Als ich mich dem Golfplatzareal näherte, puhlte ich mit den Fingern meiner rechten Hand unauffällig das Plastik von den Leberwürsten und konnte anschließend deutlich die Haut derselben spüren. Dann, blitzschnell, zog ich die erste Leberwurst heraus und schleuderte sie in das Unterholz der Bahngleise. Verstohlen schaute ich mich um. Niemand von den wenigen Spaziergängern schien etwas bemerkt zu haben. Frohen Mutes und schon etwas selbstsicherer ging ich weiter. Nachdem ich meine Runde um den riesigen Golfplatz beendet hatte, trug ich in meiner Tasche nur noch die leere Plastiktüte. Ich blinzelte erleichtert in die warme Wintersonne und konnte auch schon wieder mit anderen Gefühlen an meine neuen rumänischen Nachbarn denken. Auf dem Rückweg in der Kurve an den Bahngleisen sah ich einen Terrier, der die Nase tief im Schnee, genüsslich an etwas zu knabbern schien. Von seinem Herrchen oder Frauchen war weit und breit nichts zu sehen. Ich ging etwas näher zu dem Terrier herüber und schaute ihm einen Moment lang zufrieden beim Knabbern zu. Dann hörte ich hinter mir plötzlich eine fremde Stimme sagen: „Da hat mein Fritz doch sicher wieder etwas zum Fressen gefunden, was gedankenlose Menschen einfach hier in der freien Natur entsorgt haben." Ich drehte mich sehr langsam zu der Stimme hinter mir um und sah eine ältere Dame, die missbilligend auf ihren Terrier schaute. Dann schüttelte sie noch einmal ärgerlich den Kopf und sah mich um Verständnis heischend an. Ich lächelte ihr zu, nickte und antwortete dann: „Solch ein Verhalten ist aber auch wirklich unmöglich."

Skilanglauf

Vor mehr als zwei Jahrzehnten habe ich mir ein Paar Langlaufski gekauft. Da früher noch schöne lange Winter mit viel Schnee keine Seltenheit waren, war es eine durchaus lohnende Investition. Zugegeben bin ich auch nach so langer Zeit keine wirklich gute Langläuferin geworden, aber mir reicht eigentlich auch schon, wenn ich beim Laufen nicht andauernd auf den Hintern falle und dabei viel Sonnenschein und frische Luft abbekomme. Manch passionierter Skilangläufer ist mir dann schon begegnet, der häufig einen leicht spöttischen Gesichtsausdruck im Wald auf der Nebenspur, oder als Skater in rasendem Tempo an mir vorbeiziehend, nicht verbergen konnte. Unerschütterlich ließ ich mich von diesem arroganten Gehabe meiner Mitmenschen jedoch nicht einschüchtern, und da ich sowieso immer nur eine sehr abseits gelegene Loipe jenseits des angesagten Loipensportzentrums nutze, halten sich diese Begegnungen auch quantitativ gesehen in Grenzen. Alles in allem hat sich der Kauf der Bretter für mein Herz-Kreislauf-System schon lange ausgezahlt, und da ich auch heute nicht den Ehrgeiz verspüre, auf Langlaufskiern eine Olympiateilnahme zu ergattern, hätte ich wohl bis ins hohe Alter so weiter gemacht. Da aber auch der Schwarzwald an der Klimakatastrophe nicht vorbeischlittern konnte, hatten wir die letzten Jahre so gut wie keinen Schnee mehr im Winter. Wenn es überhaupt einmal schneite, dann regnete es spätestens am Tag darauf so stark, dass die ganze weiße Pracht sofort wieder in einer unappetitlichen grauen Wasserlawine verschwand und dafür lohnte es sich nicht, die Skier vom Dachboden herunter zu schleppen. Doch nicht so im ersten Corona Winter, den wir in Deutschland erlebten. Da fiel so viel Schnee und blieb wochenlang bei kalten Temperaturen und herrlichem Sonnenschein liegen, dass ich unbedingt wieder laufen gehen wollte. Natürlich mit Maske und Abstand. Nun ist das Skilanglaufen mit einer Schutzmaske im Gesicht nicht ganz so schön wie ohne einen Gesichtsschutz, aber Hauptsache war doch, dass ich wieder wackelig wie eh und je auf meinen alt gewordenen Brettern stand und los-zockeln konnte. Schon nach den ersten Metern spürte ich deutlich, dass ich eingerostet war. Sehr eingerostet. Ich eierte schrecklich auf meinen Skiern herum, aber ich zwang mich, nicht aufzugeben und versuchte mich an die Worte des Skilehrers zu erinnern, damals vor vielen Jah-ren, als ich einen Anfängerkurs in der Skischule eines Nachbarortes gemacht hatte. Hin und wieder drehte ich mich um, um zu schauen, ob bessere Langläufer dabei waren, in meine Nähe zu kommen, denn dann wäre ich sofort aus der Spur gestiegen und hätte gewartet, bis sie an mir vorbei gefahren waren. Es näherten sich beim vierten Ausspäher eine Mutter mit Kind in schnellem Tempo. Sofort versuchte ich so schnell wie es mir mög-lich war, aus der Spur zu kommen und Platz für die bei-den zu machen. Ich stand also Sekunden später abwar-tend im Mittelfeld für die Skater und versuchte, ein mög-lich entspanntes Freizeitsportlergesicht zu machen. Mut-ter und Kind bedankten sich unter ihren Gesichtsmasken sogar, und, erstaunt über diese nette mitmenschliche

Geste, schaute ich den beiden flotten Läufern noch einen Augenblick bewundernd hinterher und entschloss mich dann, wieder in meine Spur zu klettern. Als ich also gerade versuchte, meine verhedderten Skistöcke wieder unter Kontrolle zu bekommen, sah ich zu meinem Entsetzen einen Skater, der in rasendem Tempo direkt auf mich zukam. Da er die vorgeschriebene Gesichtsmaske nicht trug, sah ich ganz genau, dass er nicht freundlich in meine Richtung schaute. Und als wenn mich das nicht schon genug aus der Fassung gebracht hätte, fing er wenige Meter vor mir an, mich wütend zu beschimpfen. In einem Anflug von Panik schaffte ich es mit großer Kraftanstrengung, irgendwie wieder in meine Spur zu steigen, ohne wüst mit ihm zu kollidieren. Beim Vorbeirasen zeigte er mir seine geballte Faust und ließ in breitestem Schwäbisch grobe Beschimpfungen gegen mich los. Ich war sprachlos. Wenn ich auch kein Wort verstanden hatte, so war mir doch klar, dass es nichts Nettes gewesen sein konnte. Plötzlich hatte ich keine Lust mehr zu fahren. Gegen meine eigenen, eisernen Vorsätze schnallte ich entmutigt meine Skier ab und trabte zu Fuß die lange Strecke durch den einsamen Wald zurück zum Parkplatz. Aber aufgeben würde ich das Langlaufen nicht. Niemals.

Das Vorstellungsgespräch

Ich sitze auf der anderen Seite des Schreibtisches. Wie ein Bittsteller. Nicht zum ersten Mal in meinem Leben. Brav antworte ich auf alle Fragen und lausche den endlosen Erklärungen des Firmenchefs. Verstohlen schaue ich mich in dem Raum, in dem wir sitzen, um. Es ist ein eher schäbiges Büro. Kitschige Bilder hängen in noch kitschigeren Rahmen an den Wänden verteilt. Ein billiges SB-Möbelmarktsofa steht mit einer grellorangefarbenen Plüschdecke verziert im Raum herum und soll diesen wohl anheimelnder machen. Aber der Mann hat was. Er strahlt was Sympathisches aus, jedenfalls auf mich. Er scheint nicht dumm zu sein und das ist in meinen Augen in einem Arbeitsverhältnis unbedingt von Vorteil für den Arbeitnehmer. Ich lächle still vor mich hin. Ich habe schon gewonnen, ich kann es spüren. Unvorsichtigerweise mache ich eine lockere Bemerkung in diese Richtung. Er kontert sekundenschnell und messerscharf, verweist mich auf meine Position als Arbeitssuchende und erklärt, dass sich sehr viele Bewerber auf die ausgeschriebene Stelle gemeldet hätten. Ich lächle noch immer und lausche weiter seinen Worten. Als ich ihm beim Abschied wegen der aktuellen Corona-Pandemie nicht die Hand gebe, bedanke ich mich für das nette Gespräch. Ich weiß nicht, ob ich den Job annehmen werde, wenn er mich in der nächsten Woche anrufen wird, aber ich werde sie nicht so schnell vergessen. Diese Begegnung mit dem fremden Mann in dem kleinen schäbigen Büro.

Die Winterjacke

Sie ist bunt und sie ist schön. Sie steht mir gut und ich würde sie gerne tragen. Doch ich kann nicht, weil ich mich schämen würde. Jeden Tag und jede Stunde. Soll ich Geschenke annehmen? Und es dann sichtbar werden lassen? Sichtbar für alle um mich herum. Denn so kommt mir die Gabe vor. Liegt es an mir oder dem Überbringer? Sie schaut mich an und in ihrem Blick liegen Argwohn und Misstrauen, wie immer in der letzten Zeit. „Sie gefällt dir wohl nicht?", fragt sie. „Nein, sie gefällt mir nicht", antworte ich. Ich packe sie wieder in die Einkaufstasche des Kaufhauses und stelle sie in eine Ecke des großen, weihnachtlich geschmückten Wohnzimmers meiner Schwiegermutter. Nach Weihnachten werde ich sie in das Geschäft zurückbringen und mir das Geld dafür auszahlen lassen. Ich werde es ihm zusammen mit dem Kassenbon auf seinen Schreibtisch legen. Er wird es nicht verstehen. Zu groß ist schon der Abgrund, der uns trennt. Er kann die Krankheit nicht verstehen und er will nicht mit ihr leben. Ich kann nicht dagegen aufbegehren. Zu groß ist die Scham, zu groß das Gefühl des eigenen Versagens, das sich immer weiter in mir ausbreitet.

Das Vergessen

Er fragt immer wieder, was wir am Nachmittag zusammen machen werden. Kaum erhält er die Antwort, fragt er mich erneut. Und dabei schaut er mich aus aufrichtigen, grundehrlichen Augen an. Hin und wieder zuckt eine Ahnung durch ihn durch, wenn ich wieder und wieder erkläre, was wir uns für den Nachmittag zusammen vorgenommen haben. Es ist ihm dann peinlich. Für kurze Augenblicke schämt er sich. Eine kleine Sekunde lang fühlt er sich dabei ertappt, die immer wieder neu erhaltene Antwort sofort wieder vergessen zu haben. Und dann huscht Angst über sein Gesicht. Die Angst, bald alles vergessen zu haben, auch wer er selber ist.

Der Politiker

Ich kenne ihn schon seit über zwanzig Jahren. Damals war er noch Oberbürgermeister einer sehr kleinen Stadt und hatte viel Arbeit und viel Ärger. Und auch kein Glück in der Liebe. An einem Samstag rief er mich einmal an und nach einer umständlichen Einleitung erzählte er mir atemlos von einem Mädchen, das er kennengelernt habe. Sie sei eine Winzertochter und sie gefalle ihm gut. Häufig sei er schon an den Wochenenden zu ihr in die Pfalz gefahren, aber sie seien noch nicht richtig zusammen. Irgendwie gab es wohl viele Hindernisse und Missverständnisse zwischen ihnen beiden, die er nicht recht zu überwinden wusste. Umständlich suchte er nach Erklärungen, bis ich endlich verstand, worum es eigentlich ging. Ich fragte in einer seiner Atempausen: „Du willst mit ihr ins Bett gehen, aber du traust dich nicht zu fragen, ob sie auch will?" Sofort trat eine verlegene Stille ein. Nach einigen Augenblicken fragte ich ihn, ob er noch am

Telefon sei. Er krächzte verhalten. Dann lachte ich aufmunternd in den Hörer und sagte: „Du bist doch sonst nicht so schüchtern. Als Oberbürgermeister fackelst du doch auch nicht lange, wenn du etwas durchsetzen willst. Und wenn du sie gern hast und sie dich auch, ist es doch nicht ungewöhnlich, sich dies zu wünschen." Heute sitzt er im Bundestag und manchmal sehe ich ihn abends in den Nachrichten. Und wenn er dann als Abgeordneter für seine Partei am Rednerpult steht und sich mächtig ins Zeug legt und schimpft und fordert, dann muss ich manchmal an das Telefongespräch vor vielen Jahren denken. Ich sehe dann sein Gesicht auf dem Bildschirm und wie sich sein Mund beim Sprechen am Mikrofon öffnet und schließt, und stelle mir dann vor, dass es ihm wieder um dieses Winzermädchen aus der Pfalz geht.

Familie

Sie haben ihn am Ostersonntag einfach alleine in seiner Wohnung sitzen lassen. Am Ostermontag auch. Weil sie keine Lust mehr haben, sich um ihn zu kümmern. Er soll jetzt gefälligst endlich sterben, damit er ihnen nicht weiter zur Last fällt. Sie glauben, dass sie sich jetzt schon mehr als genug um ihn gekümmert, ihm in der Vergangenheit schon reichlich von ihrem Geld zu seiner kleinen Rente dazu gegeben haben. Sie wollen jetzt endlich mal frei sein, sich selber schöne Dinge leisten, sich nicht weiter mit diesem alten Vater belasten. Diese Töchter, die leider dabei nur vergessen, dass sie auch älter werden. Und dann, vielleicht einmal an Ostern, möglicherweise auch so wie er ganz allein in ihren Wohnungen sitzen werden und vergeblich darauf warten, dass jemand zu Besuch zu ihnen kommt.

Blond

Sie ist nicht mehr ganz jung und sehr blond. Auf Einladung der Firma ist sie zusammen mit einer Gruppe Kollegen vor ein paar Tagen aus dem Ausland angereist und wohnt jetzt im betriebseigenen Hotel. Morgens kommt sie mit den anderen Mitarbeitern stark geschminkt und mit einem tiefen Dekolleté ins Restaurant, um zu frühstücken. Sie ist laut und lacht viel und affektiert. Klimpert mit Armreifen und Ketten. Sie mäkelt an allem herum und hat viele Extrawünsche, die sie herrisch einfordert. Ihre Kleidung ist auffällig, auch ihre Frisur. Ihr Verhalten ist ungewöhnlich. Ungewöhnlich und ungebührlich für das Firmenhotel. Sie fällt dem Personal auf und auch den anderen anwesenden Gästen. Sie passt nicht in die Gruppe der Mitarbeiter. Das Haus ist keine gewöhnliche Herberge. Es ist exklusiv und elegant. Nur wenige Menschen haben hier Zutritt. Wer hierher eingeladen wird, ist für das Unternehmen von Interesse. Es ist eine Eintrittskarte für das Tor zum wirtschaftlichen und persönlichen Erfolg. Alles hier läuft diskret ab. Die Gespräche, die Geschäftsessen, die Jubilarfeiern. Still, leise, gezielt. Und immer nach dem gleichen Muster. Die Mitarbeiter halten sich streng daran. Die Firmenphilosophie und grelles Make-up, dazu blondierte Haare und ein tiefer Ausschnitt, das passt nicht zusammen. Man wird es ihr zu verstehen geben. Diskret. Leise. Und dann wird sie nicht mehr eingeladen werden.

Corona-Schnelltest

Ich saß an diesem Morgen an meinem Küchentisch und ich wartete. Ob das, worauf ich wartete, mich froh und glücklich machen würde, musste sich erst noch herausstellen. Gestern bekam ich einen Anruf aus meiner Firma. Nun war Corona also, aller Wahrscheinlichkeit nach, auch bei uns im Betrieb angekommen. Es gab ja praktisch kein anderes Thema mehr in unserem Leben in diesem Winter. Ich fuhr eine Stunde nach dem Telefonat in die Arztpraxis des betriebseigenen Mediziners, um dort in einer außerhalb liegenden Garage einen Corona-Testabstrich bei mir vornehmen zu lassen. Zuerst einen Abstrich aus der Nase für den Schnelltest. Der Arzt hantierte, assistiert von einer Helferin, geschickt mit verschiedenen Röhrchen und Flüssigkeiten. Dann träufelte er aus einer Pipette etwas in ein kleines Plastikgerät und starrte anschließend wie gebannt auf das kleine Sichtfenster desselben. Ich saß etwas verzagt in der kalten und dunklen Garage dieses Mannes auf einem Stuhl und starrte auf sein Gesicht. Würde doch in den nächsten Sekunden eine erkennbare Reaktion auf seinem Gesicht mir aller Wahrscheinlichkeit nach eindeutig etwas über meinen Gesundheitszustand sagen. Nach endlosen Augenblicken an diesem unwirtlichen Ort zog der Arzt sichtbar eine Augenbraue in die Höhe. Sofort rutschte mir mein Herz in die Hose und mein Puls fing an zu rasen. Doch offensichtlich wollte der Mediziner sich in seiner eigenen Wohnhausgarage nicht einfach so kampflos dem angezeigten Ergebnis ergeben. Er drehte sich zu mir um und sagte: „Positiv. Aber wir machen mal zur Sicherheit noch einen Schnelltest." Ich nickte stumm, mich vollkommen in mein Schicksal ergebend. Also erfolgte die Prozedur ein zweites Mal, diesmal schon schmerzhafter. Der Arzt bohrte regelrecht mit diesem Wattestab in meinen Nasengängen herum und dann tunkte er anschließend das Ende dieses Stabes wieder in ein Röhrchen und mischte verschiedene Flüssigkeiten hinzu. Gefühlt saß ich nun schon eine halbe Ewigkeit in diesem provisorisch eingerichteten Abstrich-Zentrum, und langsam kroch die unbestimmte Ahnung an mir hoch, dass ich vielleicht von diesem Augenblick an nie mehr unbeschwert in meinem eigenen Leben herumlaufen würde. Nach weiteren Minuten des Wartens, die mir wie Stunden vorkamen und in denen keiner von uns beiden ein Wort sagte, drehte er sich zu mir um und sagte mit triumphierendem Lächeln: „Negativ." Ein freudiger Ruck durchfuhr mich. Dann kam der nächste Abstrich. Diesmal aus meinem Rachenraum. Während der Arzt also wieder mit einem langen Wattestäbchen in meinem Mund- und Rachenraum herumfuchtelte, und ich währenddessen verzweifelt versuchte, das Aufbegehren meiner Bauchspeicheldrüsen zu unterdrücken, murmelte er undeutlich hinter seiner FFP2 Maske: „Diese Schnelltests sind halt wie sie sind, wir müssen diesen dritten Test einfach abwarten." Das aufsteigende Würgen verzweifelt unterdrückend, nickte ich. Endlich nahm er das Stäbchen aus meinem Mund und hantierte zum dritten Mal mit seinen medizinischen Utensilien herum, kurz darauf war ich entlassen. Nach einer schlaflosen Nacht, saß ich nun also an meinem Küchentisch und wartete auf mein Testergebnis. Plötzlich klingelte das vor mir auf dem Tisch liegende mobile Telefon. `Ist das jetzt ein gutes Zeichen, dass ich angerufen werde?`, fuhr es mir durch den Kopf. `Hatte der Arzt nicht gesagt, ich solle in der Praxis anrufen und nach dem Ergebnis fragen?` Ich spürte, dass sich meine Halswirbel verhärteten und mir wurde heiß. Dann nahm ich das Telefon in die Hand und meldete mich. Am anderen Ende blieb alles still. Irritiert rief ich heiser ins Telefon: „Hallo, sagen Sie mir ruhig die Wahrheit." Es knackte in der Leitung, dann rauschte es, plötzlich hörte ich eine Stimme. Zeitgleich lief in meinem Kopf ein Film ab. Ich sehe mich auf einer Corona-Intensivstation in einem Bett auf dem Bauch liegen. Um mich herum sind aufgeregte Ärzte und Krankenschwestern, die um mein Leben kämpfen. Es rauschte wieder in der Leitung, dann endlich sagte die Stimme: „Wir gratulieren Ihnen." Dann wurde wieder alles still. Gratulierten einem jetzt schon die Mitarbeiter aus dem Gesundheitswesen, wenn mal einer nicht von diesem Corona-Virus erwischt worden war. Mir riss plötzlich der Geduldsfaden. Ich hatte die ganze Nacht vor Sorge kein Auge zugetan und diese Angestellten in der Arztpraxis waren offensichtlich nicht in der Lage, einem sachlich mitzuteilen, wie das Testergebnis lautete. Ich öffnete gerade meinen Mund, um meinem Unmut Luft zu machen, als die Stimme im Telefon sagte: „Wir schenken Ihnen heute einen fabrikneuen Audi." Perplex erwiderte ich: „Wirklich? Ich habe nämlich noch nie in meinem Leben etwas gewonnen." Vergessen waren Corona und mein möglicherweise kurz bevorstehender Tod. Damit hatte ich ja nun wirklich nicht rechnen können. Da wartete ich ängstlich auf mein Testergebnis und war plötzlich stolze Besitzerin eines neuen Audi. Die Welt konnte so verloren noch nicht sein, also wenn solche Dinge möglich waren. Pandemie hin oder her. Dann knackte es wieder in der Leitung und das Gespräch brach ab. Ich schaute noch einen Moment lang verzückt auf das Telefon in meiner Hand, dann besann ich mich und rief entschlossen in der Arztpraxis an. Die nette Arzthelferin meldete sich sofort nach dem ersten Klingeln, lachte beruhigend und sagte: „Alles okay. Sie sind negativ." Ein nie gekanntes Gefühl der Erleichterung durchfuhr mich. Ich würde also in nächster Zeit doch noch nicht sterben müssen. Ich legte auf und lehnte mich gemütlich in meinem Küchenstuhl zurück. Dann fiel mir der Anruf der Gewinn-Hotline ein. Ich suchte in meinem Telefon nach der Nummer der Hotline. Zu meiner Überraschung stellte ich fest, dass es eine unterdrückte Nummer war. Vielleicht war ich einfach Opfer eines dummen Scherzes geworden. Schließlich hatte ich noch nie etwas gewonnen. Aber spielte das jetzt noch eine Rolle? Wo ich doch gerade so viel mehr gewonnen hatte.

Der Apothekenbesuch

Ich war heute am Nachmittag kurz in der Apotheke, um neue FFP2 Masken zu kaufen. Doch zu meiner Überraschung war das gar nicht so leicht, wie ich vorher angenommen hatte. Vielleicht lag es daran, dass ich nicht in meine Stammapotheke gegangen war, sondern in die eines Nachbarortes. Denn in meiner Stammapotheke kenne ich die beiden Apotheker und die übrigen Angestellten schon seit vielen Jahren und sie kennen mich. Obwohl ich immer nur Heftpflaster und Hustensaft kaufe, und das auch nicht jede Woche, sondern nur ab und zu einmal, scheinen sie sich ausnahmslos alle zu freuen, wenn ich als Kundin bei ihnen auftauche. Ich fühle mich dort bei meinen kleinen Einkäufen jedes Mal sehr wohl, und ich hatte noch nie auch nur den kleinsten Grund, mich über irgendetwas zu beschweren. Da ich aber heute nun zufälligerweise in einem Nachbarort einen Besuch gemacht hatte, ging ich also ausnahmsweise einmal dort in die

Apotheke. Ich müsste besser sagen, ich wollte die Apotheke betreten, als ich von einer sehr grimmig aussehen-
den Mitarbeiterin unsanft darauf hingewiesen wurde,
dass sich wegen der andauernden Corona - Pandemie nur
zwei Kunden im Verkaufsraum aufhalten dürften und ich
gefälligst noch draußen zu warten hätte. Solche Töne eigentlich nicht gewöhnt, ließ ich mir meine innere Erre-
gung nicht anmerken und ging unter den insgesamt acht
Paar Augen, der sich in der Apotheke befindenden Mitarbeiter und Kunden, wieder hinaus. Ich weiß nicht genau, ob die Apothekerin und ihre Helferin mich aus er-
zieherischen Gründen nun extra lange dort stehen ließen,
oder aber die beiden Kunden einfach so furchtbar lange
für ihre Einkäufe brauchten, jedenfalls musste ich eine
ganze Zeit dort draußen vor der Apothekentür stehen und
warten. Endlich verließen beide Kunden den Verkaufsraum und ich durfte hinein. Von Herzen froh darüber
stand ich nun an einem der Verkaufsschalter und wartete
darauf, dass eine der beiden Damen, die sich beide sehr
geschäftig gaben und Schränke auf- und wieder zuzogen

und mit allerlei Fläschchen und Tablettenschachteln herumhantierten, mich nun nach meinen Wünschen fragen würde. Doch zu meiner grenzenlosen Überraschung machte keine von beiden Anstalten, dies zu tun. Irritiert sah ich mir dieses kundenunfreundliche Treiben noch einen Moment lang mit an und dann sagte ich sehr laut: „Ich möchte bitte zwei FFP2 Masken kaufen." Und was passierte? Nichts. Absolut nichts. Es schien beide Damen überhaupt nicht zu interessieren, was ich wohl gerne wollte. Sie machten munter weiter mit dem, was sie gerade taten und dachten gar nicht daran, sich auf ihre Verkaufstätigkeit zu besinnen. Zwei Minuten später setzte ich mich in Bewegung und verließ hoch erhobenen Hauptes die Apotheke. Und auf der Höhe des Eingangsbereiches hörte ich doch dann tatsächlich eine weibliche Stimme, die mich nach meinen Wünschen fragte. Aber ich dachte gar nicht daran, dieser Dame auch noch zu antworten. Ich drehte mich nicht einmal mehr um zu ihr. Schnell fuhr ich in meine kleine Stadt zurück und ging in meine Stammapotheke. Schon beim Betreten des Ladengeschäftes durchströmte mich ein warmes Gefühl des Nachhausekommens. Alle Mitarbeiter strahlten mich an und im Nu hatte ich erstanden, was ich wollte. Und eigentlich war ich ja auch selber schuld. Was ging ich auch in eine fremde Apotheke. Geschah mir ganz recht, so behandelt zu werden.

Die Stromrechnung

Mein Mann engagiert sich im Denkmalschutz. Aber nicht nur in seiner Freizeit, wie andere Menschen sich für gewöhnlich eben ehrenamtlich für das eine oder andere Projekt engagieren. Nein, wenn er sich für etwas einsetzt, dann immer hundertprozentig. Er gibt dann alles. Buchstäblich. Vom ersten Moment an. Er kann gar nicht anders. Es liegt in seiner Natur. Bis zur Erschöpfung rackert er sich jede Minute, die er dafür aufwenden kann, ab. So auch in der Zeit, als er ein schon lange leerstehendes, altehrwürdiges Jugendstilhotel betreute. Er arbeitete sich akribisch in die Historie dieser Herberge ein und gab dann Führungen für hunderte und mehr Besucher. Er versuchte dann in langen Stunden den alten Glanz und Ruhm des Hauses wieder auferstehen zu lassen. Er zeigte Fotos, alte Speisekarten und Restgeschirr. Jahrelang wurde er nicht müde die Adligen, Schriftsteller und bekannten Personen der Zeitgeschichte, die alle einmal dort zu Gast gewesen waren, lebendig werden zu lassen. Nun gab es in diesem Denkmalverein zahlreiche Mitstreiter, die genau wie er, unermüdlich und verbissen Tag für Tag für dieses alte Hotel kämpften. Hin und wieder hatte ich in Gesprächen mit einigen von ihnen das Gefühl, sie wären bereit, ihr Leben zu lassen, wenn es sein müsste, für diesen Lost-Place erster Güte. Scheinbar selbstlos und voller sprudelnder Ideen, kam irgendjemandem dann eines Tages der Gedanke, Feste dort veranstalten zu wollen. Hochzeiten, Geburtstage, Kinderfeste, alles war auf einmal möglich. Aus der Reliquie der Belle-Époque wurde eine Event-Location in der kleinen Stadt. Mein Mann konnte sich nicht mehr halten vor Begeisterung. Er kam gar nicht mehr nach Hause, weil er Tag und Nacht nur noch für die Idee lebte, dieses Haus wieder zu dem zu machen, was es einmal war. Er wollte es auferstehen lassen. Das kulturhistorische Denkmal. Alles schien plötzlich möglich. Aus den Trümmern seiner glanzvollen Geschichte wollte er es wieder emporheben zu neuem Glanz und Ruhm. Wie Phönix aus der Asche. Sein Enthusiasmus kannte keine Grenzen mehr, er war wie geblendet. Und so konnte er wohl einfach auch nicht sehen, oder er wollte es nicht, was da so um ihn herum zur gleichen Zeit geschah. Denn wo Geld eingespielt wird, da geht auch Geld hinaus. Und jeder weiß, wenn es ums Geld geht, dann gibt es auch mal Streit. Und dann passierte, was passieren musste. Die Vereinsmitglieder gerieten aneinander, sie zerstritten sich bis aufs Blut. Mein Mann war niedergeschmettert. Nach und nach hatten sie sich dann davongemacht, einer nach dem anderen, und nur er war noch zurückgeblieben. Allein. Das Licht war wieder einmal ausgegangen in dem alten Hotel. Und geblieben waren nur sein Traum und viele unbezahlte Rechnungen. Die trudelten dann bei uns ein. Nicht alle auf einmal, aber nach und nach. Es waren hohe Rechnungen mit großen Summen, die bezahlt werden mussten. Für all die Hochzeiten und Geburtstage und Kinderfeste. Denn wo Menschen feiern, da braucht man Wasser, Strom und Heizung, denn sonst wird es doch schnell ungemütlich in den Räumen. Und wer will schon gerne frieren und im Dunkeln sitzen? Ich legte ihm die Rechnungen auf seinen Schreibtisch und immer, wenn wieder eine neue kam, legte ich sie dann noch obenauf, auf diesen hohen Stapel. Zuletzt kam eine Stromrechnung ins Haus getrudelt. Ich riss den Umschlag auf und las mit großen Augen die Zahl mit vielen Ziffern auf dem Blatt Papier, dann gab ich sie meinem Mann. Er saß, ganz klein geworden, in seinem Büro und sah mich wortlos an. Dann sah er auf den hohen Stapel mit den Rechnungen, zuletzt auf diese Rechnung mit der endlos langen Zahl in seiner Hand. Konnte und wollte immer noch nicht glauben, dass man ihn hatte sitzen lassen auf diesen Schuldenbergen.

Der Film

Solange meine Großmutter lebte, mussten wir die Feiertage durch das Jahr hindurch mit der riesigen Verwandtschaft begehen. Es gab neben zahlreichen Geschwistern meines Vaters noch eine beträchtliche Anzahl von Cousins und Cousinen ersten und zweiten Grades, Großtanten und Großonkel sowie langjährige Freunde des Großvaters und viele Nachbarn. Da meine Großeltern in den Nachkriegsjahren ein Hotel eröffnet hatten, war Platz genug vorhanden, all diese vielen Menschen im Rahmen dieser Weihnachtsfeiern und Familienfeste angemessen zu bewirten. In meiner Erinnerung waren auch immer Kellner und Kellnerinnen, Kaffeevertreter und Köche hierbei anwesend, die alle auch von meiner Großmutter beschenkt wurden und ihren Anteil an Lautstärke und Fröhlichkeit um sich herum verbreiteten. Ich erinnere mich an ein Weihnachtsfest, ich war vielleicht acht Jahre alt, bei dem nachmittags zur Unterhaltung aller Gäste ein Super-8-Film gezeigt wurde. Es war der Hochzeitsfilm meiner Tante Caroline und meines Onkel Johann, dem jüngsten Bruder meines Vaters. Alle Zuschauer bogen sich während der Dauer des Films vor Lachen, denn meine Tante Caroline war wohl die übellaunigste Braut aller Zeiten. Sie machte in jeder Szene ein gelangweiltes, völlig unbeteiligtes, ja sogar unfreundliches Gesicht. Also überhaupt nicht so, wie man sich eine glückliche Braut im Allgemeinen vorstellt. Viele Jahre später einmal erzählte meine Mutter mir, dass Tante Caroline meinen Onkel auch nicht wirklich hatte heiraten wollen, denn sie war vorher lange mit einem anderen Metzger befreundet gewesen, der schon ein eigenes Geschäft besaß, aber dessen Mutter wohl eine Heirat zwischen ihm und meiner Tante verhindert hatte. Offensichtlich hatte diese Frau sich ein eigenes Bild von unserer Tante gemacht und diese als nicht für ihren Sohn geeignet befunden. Dies mag meiner Tante damals auf ihrer Hochzeit vielleicht so durch den Kopf gegangen sein und das würde dann ja auch ihr Verhalten an ihrem Ehrentag erklären. Mein Onkel Johann, der zum Zeitpunkt seiner

Eheschließung sehr jung und offensichtlich sehr verliebt in meine Tante war, strahlte den ganzen Film hindurch glücklich über das ganze Gesicht und schien von den düsteren Gedanken im Kopf seiner frisch angetrauten Gattin gar nichts mitbekommen zu haben. Erst sehr viel später in seinem Leben wurde ihm klar, dass das Verhalten Tante Carolines auf der Hochzeitsfeier richtungsweisend für das Glück in seiner Ehe war, aber zu diesem Zeitpunkt war der bösartige Gehirntumor in seinem Kopf schon so groß gewachsen, dass es keine Rolle mehr in seinem Leben spielte, wen er da eigentlich geheiratet hatte.

Acrylfarbe

Natascha aus der Krabbelgruppe und ihre kleine Tochter kamen nachmittags einmal zu uns nach Hause zu Besuch. Meine Tochter und die kleine Hedda verschwanden sofort laut kreischend im Kinderzimmer und Natascha sank unter Stöhnen in einen meiner Korbstühle. Dann fragte sie: „Hast du vielleicht Sekt im Haus? Ich könnte vor dem Kaffee glatt einen vertragen." Ich grinste, nickte und ging in die Küche, um eine Flasche Sekt und zwei Gläser zu holen. Dann kam ich zurück ins Esszimmer und während ich die Flasche öffnete, sagte sie: „Mensch, war das heute Morgen ätzend in der Krabbelgruppe." Ich schaute überrascht zu ihr hinüber. Ich kannte sie noch nicht wirklich gut, nur eben so von einigen Vormittagen in dieser Kleinkindspielgruppe, in die ich seit kurzem mit meiner kleinen Tochter ging. Und Natascha war die einzige dieser ganzen Frauen, die ich dort kennengelernt hatte, mit der man noch einigermaßen normal reden konnte. Sie schien nicht so zu sein wie diese Birgitta oder Adriane, nicht eine von diesen Übermüttern, die immer alles rund um das Kind perfekt im Griff hatten. Und die auch nichts anderes auf der Welt mehr zu interessieren schien als das Aussehen und die Gesundheit ihrer lieben Kleinen. Ging ihr das permanente Gerede über Babykost, Zähne, Windeln und fair gehandeltes Holzspielzeug auch so auf die Nerven wie mir? Erleichtert darüber, endlich jemanden gefunden zu haben, der so dachte wie ich, holte ich Luft, um ihr meine Meinung über diese Krabbelgruppenmütter mitzuteilen, als die beiden kleinen Mädchen plötzlich aus dem Kinderzimmer gerast kamen und zu uns ins Esszimmer stürmten. Sie deutete genervt mit ihrem Zeigefinger auf den roten Pullover, den ihre Tochter trug. „Da", sagte sie, „sieh dir das an. Blaue Acrylfarbe an beiden Ärmeln. Kriege ich doch nie wieder raus, im Leben nicht. Was für eine bescheuerte Idee von dieser Erzieherin, heute mit den Kindern mit Acrylfarbe zu malen. Hätte sie nicht einfach den ganzen Vormittag mit ihnen singen können?" Ich schluckte und sagte: „Also, ich meine, ... ," dann brach ich enttäuscht ab. „Nein, nein", fiel sie mir ins

Wort. „so schlimm ist das jetzt auch wieder nicht. Den Pullover hat Hedda sowieso von ihrer Cousine geerbt, aber stell` dir vor, ich hätte ihr heute früh einen ihrer guten Pullover angezogen. Wie ärgerlich wäre das denn gewesen?" Ich zwang mich zu einem Lächeln und trank einen großen Schluck Sekt. Natascha passte eben auch ganz hervorragend in die Krabbelgruppe, da war wohl nichts zu machen.

Hochzeitstag

Es war der Abend ihres vierten Hochzeitstages und sie hatte sich darauf gefreut, mal wieder mit ihrem Ehemann alleine zu sein, nachdem er gerade zwei Wochen auf einem Kongress in Berlin gewesen war. Und als er nach dem Hauptgang kurz einmal in Richtung Toilette verschwunden war, hatte sein Smartphone mehrfach geblinkt. Der Zeitpunkt des Absenders war gut gewählt und das Handy lag nun einmal auf dem Tisch neben dem Gedeck ihres Mannes. Und da sie vor vier Jahren feierlich in der Kirche vor vielen Zeugen versprochen hatte, alles mit ihrem Ehemann zukünftig teilen zu wollen, gehörte dazu dann ja wohl auch das gemeinsame Lesen von WhatsApp-Nachrichten des Partners. Sie nahm also das I-Phone ihres Mannes in die Hand und las die gerade eingetrudelte Nachricht von einer ihr unbekannten Bille. Diese schrieb: *Was macht denn mein Bär, wenn er nicht bei seiner Bille sein kann, weil er zu seinem Frauchen nach Hause musste, obwohl er doch viel lieber bei ihr in*

Berlin geblieben wäre? Sie legte das Handy wieder auf seinen Platz zurück und wartete darauf, dass ihr Mann von der Toilette zurückkam. Als er sich wieder zu ihr an den Tisch gesetzt hatte, schaute sie ihn an und fragte: „Wer ist denn Bille?" Er nahm sein Weinglas in die Hand und hielt es vor das Kerzenlicht, dann antwortete er genervt: „Lass mir einfach meinen Freiraum und lies nicht meine Nachrichten, dann musst du dich auch nicht so künstlich aufregen, Schatz." Sie schaute schweigend in das Gesicht ihres Mannes, dann sagte sie kühl: „Du kannst ab sofort so viel Freiraum haben, wie du dir vielleicht im Moment noch gar nicht vorstellen kannst, mein Lieber." Dann stand sie auf, verließ das Restaurant und das Leben mit ihrem Mann.

Die Frau

Ich sehe sie manchmal in der Stadt beim Einkaufen. Sie ist immer allein. Kein Mann, kein Kind, keine Freundin an ihrer Seite. Sie lacht laut und redet laut. Beim Bäcker, auf dem Wochenmarkt, im Bioladen. Sie fordert Aufmerksamkeit ein. Im Sommer trägt sie häufig kurze Hosen. Sehr kurz. Zu kurz für das schon fortgeschrittene Alter. Dazu Sandalen mit hohen Absätzen. Sehr hoch. Zu hoch. Einmal laufe ich zufällig ein Stück auf dem Bürgersteig hinter ihr her. Ich sehe sie mit den sehr nackten Beinen auf den sehr hohen Absätzen ganz nah vor mir. Und dann kann ich sie deutlich spüren. Die Einsamkeit, die diese Frau umgibt.

Die Referendarin

Die Referendarin saß im Klassenzimmer der Schule am Lehrerpult und wartete auf den Beginn eines Elterngespräches. Ein Doktor der Chemie und seine Frau hatten sich für den Nachmittag angekündigt. Es ging um ihren Sohn Tillmann und seine Deutschklassenarbeit. Die junge Frau wusste, dass es kein einfaches Gespräch werden würde, auch, weil der junge Mann zu den schwierigen und schlechtesten Schülern in der Klasse gehörte. Er war nicht bereit, im Unterricht mitzuarbeiten, lenkte seine Mitschüler ständig ab und machte viel und häufig Ärger. Mit einem Blick auf ihre Armbanduhr stand sie auf und trat auf den Schulflur hinaus, um dort die Eltern in Empfang zu nehmen. Sie sah das Ehepaar den Gang zum Klassenzimmer heraufkommen. Er ging mit großen Schritten voraus, sie lief ein paar Schritte hinter ihm her, versuchte, mit ihm Schritt zu halten. Devot, ihre ganze Haltung. Die Referendarin begrüßte den Vater freundlich, dann warteten sie schweigend gemeinsam auf die

Mutter. Im Klassenzimmer blieb der Vater stehen, auch nach höflich ausgesprochener Aufforderung, doch Platz zu nehmen für das Gespräch. Die Mutter zögerte einen Moment lang, schaute zu ihrem Mann hinüber, dann blieb sie ebenfalls im Klassenraum stehen. Die Referendarin setzte sich ans Pult und wartete noch einen Moment, dann sagte sie: „Nun, wie Sie beide wissen, geht es um die Klassenarbeit ihres Sohnes Tillmann. Er hat drei von vier Fragestellungen gar nicht beantwortet und die vierte nur mit einem einzigen Satz." Weiter kam sie nicht, weil der Vater ihr wütend ins Gesicht schleuderte: „Für schlechten Unterricht kann mein Sohn ja wohl nichts. Wie soll er also eine Klassenarbeit schreiben, wenn er bei Ihnen nichts gelernt hat?" Sie schaute ihn schweigend an, dann schob sie ihren Stuhl zurück und antwortete: „Ich schlage vor, wir gehen zum Direktor und klären das gemeinsam." Und ohne eine Reaktion der Eltern abzuwarten, ging sie mit schnellen Schritten aus dem Klassenraum zum Büro des Schulleiters. Sie klopfte an, trat ein und wies mit der Hand auf den Schulflur und das sich nähernde Elternpaar, dann sagte sie: „Gespräch mit den Eltern von Tillmann aus der E/1, der Junge scheint das Temperament des Vaters geerbt zu haben." Der Schulleiter schaute in das Gesicht der Referendarin, dann lächelte er sie an und antwortete: „Schließen Sie erst einmal die Tür, meine Liebe. Wir lassen Tillmans Vater und seine Mutter jetzt ein bisschen vor der Tür warten, dann wird er sich schon wieder beruhigen. Und wenn nicht, dann machen wir die Tür heute einfach nicht wieder auf." Und dann lachte er so laut und herzlich über seinen eigenen kleinen Witz, dass sie plötzlich mitlachen musste, obwohl ihr das Lachen eigentlich vor ein paar Minuten im Klassenzimmer vergangen war.

Heirat

Nach ihrer Heirat veränderte sich das Verhältnis zu ihrer Schwägerin. Sie wusste nicht genau, wann es angefangen hatte, anders zu sein. Sie kannten sich schon viele Jahre. Flüchtig, wie Schwestern und Lebensgefährtinnen von Brüdern sich eben kannten, wenn sie sich an Weihnachten oder zu Familienfesten hin und wieder trafen. Nun war sie seit ein paar Monaten offizielles Mitglied der Familie und die Schwester des Mannes kam ihr bei den wenigen gemeinsamen Treffen jedes Mal seltsam distanziert vor. Sie war verschlossen, kalt, sprach nicht mit ihr. Jeder Versuch, miteinander zu reden und zu klären, wurde im Keim von ihr erstickt. So auch beim Geburtstag der Schwiegermutter. Nach dem Essen saß die Familie noch bei einem Glas Wein im Wohnzimmer vor dem Kamin zusammen. Es wurde gescherzt und gelacht, nur sie saß stumm dabei, sah blass und angewidert aus. Die Mutter prostete ihr zu und sagte: „Nun trink auf mein Wohl und zieh nicht solch ein Gesicht." Erbost stand sie auf und verließ, laut Verwünschungen ausstoßend, das Zimmer. Sperrte sich den Rest des Abends in ihrem Zimmer ein. Es gab kein Kind, das nach ihr rief, auch keinen Ehemann, der nach ihr suchte. Sie war allein und blieb allein, weil sie es wollte, wie es schien. Doch sollten auch die anderen alleine bleiben, nur dann war auch die eigene Welt in Ordnung. Der Bruder und die Freundin waren jahrelang nur durch ein loses Band miteinander verknüpft. Die Heirat der beiden war wie ein Spiegel für sie. Ihr Blick hinein ließ das eigene Leben schwanken und ins Rutschen kommen.

Heute-Journal

Wir saßen vor dem Fernseher und schauten zusammen die Nachrichten des Tages an. Wir hörten und sahen die Bilder von Autobahnstaus und zahlreichen Unfällen, von Kriegen, Hungersnöten, fehlenden Impfzentren und wurden über die Wetteraussichten der nächsten Tage informiert. Am Schluss der Sendung verabschiedete sich der Nachrichtensprecher mit folgenden Worten: „Das war das Heute-Journal 19, meine Damen und Herren. Wir wünschen Ihnen noch einen sehr angenehmen Abend und vielleicht, wenn Sie mögen, bis morgen." Ich hatte noch den Nachhall der Worte des Nachrichtensprechers im Ohr und überlegte, was die Zahl 19 bedeuten könnte. Vor ein paar Tagen las ich in der Tageszeitung, dass das Blumengeschäft in unserer kleinen Stadt den Besitzer gewechselt hatte. Aus dem Namen des Ladens *Blumenfreude* wurde *Blumenfreude 2.0*. Letzte Woche erfuhr ich aus dem Radio, dass es eine Fraueninitiative zum Missbrauchsskandal im Kölner Erzbistum gab, die sich Maria

2.0 nannte. Was sollten diese Zahlen aussagen? Ich überlegte noch einen Augenblick lang, dann fragte ich meinen Mann: „Was soll das heißen. Das Heute-Journal 19?
Wofür steht wohl die Zahl 19?" Mein Mann starrte weiter
wie gebannt auf den Fernseher in unserem Esszimmer.
Mittlerweile verfolgte er das ZDF-Spezial zur deutsch-
landweiten Impfpannenserie bei Corona. „Hallo, ich rede
mit dir. Was soll die 19 bedeuten?" Er drehte sich genervt, weil ich ihn beim ZDF-Spezial-Schauen störte, zu
mir um und sagte: „Ist doch klar. 19 steht für die Uhrzeit,
für die 19 Uhr Nachrichten. Jetzt lass mich gucken." Aha,
klar. War ja auch babyeinfach und logisch. Aber warum
sagte der Nachrichtensprecher dann nicht einfach, nur
um mögliche Missverständnisse bei den Zuhörern von
vornherein gleich mal zu vermeiden, dass es das Heute-
Journal 19 Uhr war? Ging es darum Ermüdungserschei-
nungen beim Sprechen vorzubeugen? Ich verzichtete darauf, noch zu fragen, was 2.0 in diversen Angelegenheiten bedeuten konnte, um nicht den ehelichen Frieden an
diesem Abend zu gefährden. Aber einfach, einfach war

es in meinen Augen jedenfalls nicht, sich in diesem Zahlendschungel in Deutschland zurechtzufinden.

Geburtstagsfeier

Gestern waren Tim und ich auf einer Geburtstagsfeier eingeladen. Mit Geschenken unter dem Arm mischten wir uns gegen zwanzig Uhr unter eine Vielzahl von Leuten, von denen einige schon recht fröhlich wirkten. Das Geburtstagskind tänzelte in einem schwarzen Hosenanzug zwischen den Leuten umher und strahlte über das ganze Gesicht. Tatjana war eine hübsche Frau und an diesem Abend war sie nicht einfach hübsch, sie war wirklich schön und strahlte dieses gewisse Etwas aus. Das tun Frauen für gewöhnlich nicht mehr, wenn sie mit dem eigenen Ehemann fünf Kinder haben und rasant auf die fünfzig zusteuern. Für dieses Glitzern in Tatjanas Augen konnte es nur eine Erklärung geben. Ich hatte es schon bemerkt, als sie uns die Tür aufmachte und ich sah, dass Tatjana mindestens zwanzig Kilo im letzten halben Jahr abgespeckt haben musste. Denn sie waren nicht mehr an ihr zu sehen. Und als ich dann im Laufe des Abends nebenbei erwähnte, dass meine Schwester Louisa sich ihren

Busen von einem Spezialisten im vergangenen Sommer in Wunschform hatte vergrößern lassen, fragte mich Tatjana flüsternd nach der Adresse des Schönheitschirurgen. Ich sah meine Freundin scharf an und Tatjana nickte glücksselig. Ich hoffe nur, dass es nicht Ingo ist. Ingo ist Leiter des städtischen Kindergartens und hat schon aus beruflichen Gründen viel mit Müttern zu tun. Dieser Umstand hat ihm neben seinen zwei ehelichen Kindern auch noch das Glück vier weiterer Wurzelzwerge beschert. Und Ingo sah nicht nur sehr gut aus, er konnte auch ungemein charmant sein. Und Tatjanas Nachzügler war eben erst in den Kindergarten gekommen.

Die Nachbarin

Heute bin ich im Supermarkt in meine Nachbarin hinein-
gelaufen. Es war wirklich ärgerlich, weil sie eine furcht-
bare Klatschtante ist. Normalerweise versuche ich Begegnungen mit ihr konsequent zu vermeiden, aber heute
ließ es sich einfach nicht mehr umgehen. Und da sie in
dem Haus wohnt, was neben meinem Haus steht, und wir
auf der einen Seite des Gartens zusammen eine schöne
Buchenhecke besitzen, um die wir uns einmal jährlich
kümmern müssen, wollte ich es mir mit Frau Weckesser
auch nicht ganz verscherzen. Also versuchte ich nach
dem unfreiwilligen Zusammenstoß im Rewe ein halb-
wegs freundliches Gesicht zu machen und blieb bei ihr
stehen. Sofort fing Frau Weckesser an, mir die Neuigkeiten aus der Nachbarschaft zu erzählen. Ich erfuhr dort im
Rewe vor dem Regal mit Cornflakes, dass Herr und Frau
Fuchs sich scheiden lassen wollten und dass sie mit den
Kindern schon zu ihrer Mutter nach Stuttgart gezogen
sei. Ebenso, dass der Junge von Winklers das Abitur

nicht bestanden habe und Familie Brandt aller Wahrscheinlichkeit nach wohl im Lotto gewonnen haben
musste, denn sonst wäre es ja nicht zu erklären, wieso die
sich schon wieder ein neues Auto gekauft hatten. Ein teu-
res neues Auto. Mit einem verstohlenen Blick auf meine
Armbanduhr entschied ich, mich in den nächsten Sekunden höflich von Frau Weckesser zu verabschieden, als sie
so vor mir stehend plötzlich zur Salzsäule erstarrte. Dann
hob sie ihren rechten Arm und wies mit ausgestreckter
Hand über meinen Kopf hinweg in Richtung der hinter
mir aufgebauten Rewe-Kassen. Weil es mir etwas peinlich war, dass die Nachbarin dabei war, die Aufmerksamkeit einiger Kunden, die in unserer Nähe um die Kartons
mit Cornflakes herumwuselten, auf sich zu ziehen, drehte
ich mich betont langsam um und schaute in die angegebene Richtung. Und ich sah nichts. Auf jeden Fall nichts,
was nicht in einen Supermarkt gehörte oder irgendwie
auffällig gewesen wäre. Nun langsam wirklich unwillig
werdend, drehte ich mich wieder zu ihr herum und
schaute sie fragend an. Aber Frau Weckesser blieb

stumm und verharrte stocksteif in dieser seltsamen Haltung. Leicht verunsichert überlegte ich, ob sie vielleicht gerade dabei war, eine außergewöhnliche Form des Schlaganfalls zu erleiden und was jetzt für mich zu tun sei. Plötzlich gab es einen ohrenbetäubenden Knall, dann hörte ich Schreie und etwas splittern. Ich verspürte einen sehr starken Druck gegen meinen ganzen Körper, dann verlor ich das Bewusstsein. Als ich wieder erwachte, war alles um mich herum in weißen Nebel getaucht und es roch nach Gas. Unzählige aufgerissene Kartons mit Cornflakes lagen zwischen umgestürzten Regalen herum. Es sah aus wie nach einem Bombenanschlag. Ich richtete mich mühsam auf und sah, dass Frau Weckesser nicht weit weg von mir in seltsam verdrehter Haltung auf dem Steinfußboden des Supermarktes lag. Ich rutschte so schnell es ging zu ihr hinüber und berührte sie an der Schulter. Sie tat keinen Mucks und hatte ihre Augen geschlossen. Ich versuchte ihren Puls zu fühlen, nichts war zu spüren. Frau Weckesser war tot. Dann wachte ich auf. Mein Wecker rasselte unbarmherzig laut und hatte mich aus dem Schlaf gerissen. Langsam quälte ich mich aus meinem warmen, weichen Bett und trat ans Fenster meines Schlafzimmers. Ich zog die Vorhänge zurück und sah Frau Weckesser schon früh an diesem Morgen in ihrem Garten herumwirbeln. Schnell trat ich ein Stück vom Fenster zurück, um nicht von ihr gesehen zu werden. Heute würde ich sicher nicht in den Garten gehen und auch nicht zu Rewe zum Einkaufen. Auf gar keinen Fall.

Der Geruch von Frühling

Heute war ich mit Mariella einkaufen. Aber vorher waren wir auf der Mülldeponie und haben riesige Mengen von Hartplastik, alten Farben, Folien und Eisen entsorgt, die wir, bevor wir uns ins Auto gesetzt haben, von meinem Dachboden geholt und sechs Stockwerke herunterge- schleppt hatten. Dann haben wir uns zur Belohnung beim Bäcker jeder einen Kaffee und dazu ein Stück Kuchen geholt. Den mussten wir dann im Auto trinken und essen, weil wir wegen der Corona- Verordnung ja immer noch nicht im Bäckereicafé sitzen durften. Mariella war dar- über recht ärgerlich und ich habe ihr aus vollem Herzen zugestimmt. Und weil es draußen regnete, konnten wir auch später nicht spazieren gehen. Also streng- genom- men hätten wir natürlich schon gehen können, aber wir hatten keine Lust und auch keine Regenschirme dabei. Wir saßen also mit unseren leergetrunkenen Kaffeebe- chern und fettigen kleinen Kuchentabletts bei mir im

Auto und plötzlich hatte Mariella die Idee, in das Gartencenter vom Baumarkt zu fahren und nach Frühlingsblumen zu schauen. Da ich mir nicht sicher war, ob das Gartencenter wirklich schon wieder geöffnet hatte, und ich auch nicht unnötig Benzin verfahren wollte, schlug ich vor, erst mithilfe von Mariellas Smartphone zu prüfen, ob der Baumarkt auch wirklich geöffnet habe. Aber wir hatten kein W-Lan, konnten uns also nicht informieren. Ich ließ mich also von Mariella überreden, quasi ins Ungewisse hinein, zum Baumarkt zu fahren. Bei unserem Eintreffen am Zielort sahen wir auf dem riesigen Parkplatz viele LKW von örtlichen Handwerkern in einer Schlange vor dem Drive-In–Tor stehen und darauf warten, dass sie an die Reihe kamen. Sonst standen nur sehr vereinzelt kleinere PKW in der Gegend herum. Es sah wirklich nicht so aus, wie es zu normalen Zeiten an einem Freitagnachmittag auf einem Parkplatz vor einem Baumarkt auszusehen pflegte. Aber da wir uns ja nun schon seit Monaten im Zweiten Lockdown der Pandemie befanden, ließen wir uns nicht weiter von der geisterhaft anmutenden Leere auf dem riesigen Gelände beeindrucken und fuhren flott bis zum hinteren Teil des Gebäudes, in dem sich das Gartencenter befand. Mariella musterte mit kritischen Augen den Eingang, der nicht erleuchtet war, und wollte schon das Kommando zum Umdrehen geben, als wir plötzlich eine ältere Dame mit einem Einkaufswagen voller herrlicher Blumen und Pflanzen durch den Eingang heraus- und auf den Parkplatz kommen sahen. Innerlich vor Freude über den unverhofften Hoffnungsschimmer jubelnd, parkte ich schnell mein Auto und wir stiegen aus. Mariella gab zu bedenken, dass die ältere Dame ja auch die Mutter einer Baumarktangestellten sein könnte und nur deshalb Blumen dort kaufen konnte, wir aber vielleicht gleich doch nicht hineingelassen werden würden. Ich wischte ungeduldig ihre Bedenken beiseite und zerrte Mariella hinter mir her, ja fast rannte ich schon zum Eingang. Vielleicht war es der Wunsch nach Normalität, der mich so hasten ließ. Sekunden später standen wir beide also am Eingang des Gartencenters und traten ein. Ein nie gekanntes Glücksgefühl durchrieselte mich beim Anblick der riesigen, bunten Tische voll von Tulpen, Narzissen, Nelken, Primeln und Hyazinthen. Dort vor unseren Augen lag ein wahres Meer von Frühlingsblumen. Ich schloss für einen Moment die Augen und atmete ganz tief den wunderbaren Geruch nach Frühling und Leben ein.

Arztbesuch

Ich gehe eher selten zu meinem Hausarzt. Vielleicht weil ich von Natur aus nicht so oft krank bin, vielleicht aber auch, weil ich die beiden dort arbeitenden Sprechstundenhilfen so unsympathisch finde. Ich hatte auch schon mal überlegt, einfach den Hausarzt zu wechseln, aber das ist in unserer Kleinstadt gar nicht so einfach. Einfach weil es ohnehin zu wenige Hausarztpraxen gibt und die wenigen, die es gibt, haben häufig dann sehr lange Wartelisten. Und eigentlich ist mein Hausarzt auch ganz nett, aber ich hatte bei meinen wenigen Besuchen in der Vergangenheit hin und wieder den Eindruck, dass er vor seinen zwei Angestellten Angst hat. Auch kürzlich als ich bei ihm wegen einer Grippeschutzimpfung und eines anstehenden Blutbildes nachgefragt habe, denn da meinte er etwas verlegen, dass die Impfung kein Problem sei. Dass ich aber wegen der Blutabnahme bitte bei der Terminvereinbarung zu beiden Arzthelferinnen sagen solle, es gehe um keine Blutbildkontrolle, sondern ich sei ein

Notfall und es bestünde Lebensgefahr. Dann rannte er ohne ein weiteres Wort einfach aus dem Sprechzimmer zum nächsten Patienten und ließ mich mit vor Staunen geöffnetem Mund alleine dasitzen. Meine innere Stimme sagte mir dort in diesem Behandlungszimmer in diesem Moment, dass solch ein Verhalten für einen Arzt ungewöhnlich ist. Ungewöhnlich und seltsam. Denn ich war kein Notfall und ich wollte einfach nur mein Blut kontrollieren lassen und es bestand absolut keine Lebensgefahr. Wenigstens nicht für mich und mein Leben. Das wusste ich ganz genau. Etwas unschlüssig saß ich also noch immer dort in dem Raum auf einem harten Holzstuhl und überlegte, was ich jetzt tun sollte. Ich erwog nun doch den Arzt zu wechseln, andererseits bestand dann die Gefahr, dass ich in diesem Herbst gar keine Grippeimpfung bekommen würde. Langsam sammelte ich meine Tasche, Handschuhe, Schal und Mütze ein und ging zur Tür des Behandlungszimmers, die einen Spalt breit offenstand. An der Tür angekommen, sah ich einen älteren Mann am Empfang stehen, der gerade mit kräftiger Stimme um einen Termin für ein großes Blutbild bat. Er sagte zu einer der beiden unfreundlich dreinblickenden Sprechstundenhilfen: „Bei mir sollte ein großes Blutbild gemacht werden, weil ich ein Notfall bin und es besteht außerdem auch noch Lebensgefahr, das soll ich Ihnen vom Herrn Doktor bestellen." Dann herrschte Schweigen dort am Empfang in dieser Arztpraxis. Eisiges Schweigen. Jedenfalls kam es mir so vor. Neugierig geworden trat ich nun aus dem Behandlungszimmer und wartete mit Spannung auf den Fortgang der Ereignisse. Die jüngere der beiden Sprechstundenhilfen durchbohrte den vor ihr stehenden Patienten mit eiskalten Augen und dann fragte sie hasserfüllt: „Was sind sie?" Und ohne sich auch nur ein kleines bisschen von dem ungehörigen Verhalten der Praxisangestellten einschüchtern zu lassen, wiederholte der Mann ruhig sein Anliegen Wort für Wort. Ich war schwer beeindruckt. Wieder schwiegen die beiden Angestellten. Ich konnte förmlich spüren, wie das Stimmungsbarometer an diesem Tresen merklich weiter absackte. Denn auch die weiter hinten am Empfang stehende Sprechstundenhilfe brachte nun durch ihre Körpersprache und ihren unschön zusammengekniffenen Mund überdeutlich ihren Widerwillen gegen diesen älteren Mann und sein harmloses Anliegen zum Ausdruck. In diesem Moment schloss ich mit mir selber eine Wette ab, ob er sich trauen würde, das Ganze ein drittes Mal hinter sich zu bringen, und wie groß das Risiko aller Wahrscheinlichkeit nach für ihn sein würde, von dieser Monsterarzthelferin und ihrer Handlangerin zur Strecke gebracht zu werden. Wie ein Feldherr in der Schlacht stand ich im Eingangsbereich der Arztpraxis herum und erwartete den Fortgang der Ereignisse. Um nichts in der Welt hätte ich mich freiwillig von dort wegbewegt. Die Sprechstundenhilfen wechselten kommentarlos einen Blick miteinander, dann griff die jüngere zum Telefonhörer und wählte eine Nummer. Sekunden passierte nichts. Plötzlich tauchte der Arzt aus einem der Behandlungszimmer auf und kam, blass und verzagt, langsam auf den Empfang zu. Beide Angestellten sahen ihren

Brötchengeber mit versteinerten Mienen an, und aus dem Telefonhörer, den die jüngere immer noch in der Hand hielt, hörte man eine Stimme quaken. Dann sagte der ältere Mann plötzlich laut und fröhlich: „Sehen Sie, Herr Doktor, ich habe alles so gemacht, wie sie mir vorhin im Behandlungszimmer aufgetragen haben. Ich habe gesagt, ich sei ein Notfall und es bestehe Lebensgefahr bei mir." Kaum hatte er zu Ende gesprochen war ein lauter Schlag und ein Poltern zu hören. Der Arzt war umgefallen und lang auf den Boden seiner eignen Praxis aufgeschlagen. Die beiden Arzthelferinnen sahen schweigend über den Tresen des Empfangs auf ihren Chef herunter, dann sagte die jüngere von den beiden in den Telefonhörer: „Wir brauchen einen Krankenwagen, nein zwei Krankenwagen, für einen Notfall und für einen Zusammenbruch." Dann nannte sie unwirsch die Adresse und legte auf. Schweigend stieg ich über meinen Hausarzt hinweg und verließ fluchtartig die Praxis. Ich würde nicht wiederkommen, mit Sicherheit nicht. Wer weiß, was diese beiden Frauen dem armen Mann angetan hatten, denn für gewöhnlich schlugen die eigenen Hausärzte vor den Augen ihrer Patienten doch nicht so mir nichts dir nichts, einfach ohne erkennbaren Grund, in ihrer eigenen Praxis der Länge nach auf den Fußboden und blieben wie tot dort liegen. Und überhaupt wurden diese Grippeimpfungen und Blutbildkontrollen doch allgemein überschätzt. Ich wollte jetzt gar keine Impfung mehr und auch kein Blutbild.

Das Haus

Sie wohnte schön. Im eigenen Haus. Großzügig. Die Kinder hatten ein eigenes Musikzimmer. Alles war vornehm und elegant. Zwischen uns lagen Welten. Nach meiner Scheidung lebte ich mit meiner Tochter in einer kleinen Wohnung in einem Mehrfamilienhaus. Sie war nett bei unserer Begegnung, aber ich gehörte nicht in ihren Freundeskreis. Nicht in ihre Welt. Ich konnte es spüren und meldete mich nach diesem Besuch dann auch nicht mehr bei ihr. Viele Jahre später traf ich sie zufällig wieder. Jetzt war sie auch geschieden. Nun lebte sie in einer kleinen Wohnung in einem Mehrfamilienhaus und ich im eigenen großen Haus. Alles war so wie damals, nur umgekehrt. Meine Welt und ihre Welt hatten sich auf den Kopf gedreht.

Holzvorrat

Bei uns in der Wohnung heizten wir mit Gas und mit Holz. Menschen, die zu uns zu Besuch kamen, hatten häufig allerdings den Eindruck, und das durchaus berechtigt, wir heizten gar nicht, denn es war häufig sehr kalt bei uns, egal ob draußen Sommer oder Winter herrschte. Und weil wir über schier unerschöpfliche Holzvorräte verfügten, war mein Mann schließlich zu der Ansicht gelangt, dass wir nur noch mit Holz in der Wohnung heizen sollten. Einfach weil Holzofenwärme so schön wäre, weil wir ohnehin so viel Holz besäßen und weil wir zwei sehr schöne Schwedenöfen hätten. In Wirklichkeit aber ging es ihm natürlich nur darum, möglichst viel Geld durch das Heizen mit Holz zu sparen. Da ich jedoch keine Lust hatte, nur mit Holz zu heizen, einfach weil damit zu viel Dreck verbunden war, was viele Leute interessanterweise gar nicht glauben wollen und sehr romantische Vorstellungen vom Heizen mit Holz in Wohnungen mit schönen Kaminöfen haben, also aus diesem Grund war ich losgezogen und hatte mir in der Vergangenheit einige sehr warme Pullover gekauft. Die zog ich im Spätherbst an und auch erst im Frühsommer wieder aus. Ich meine, natürlich wechselte ich meine Pullover und wusch und lüftete sie auch aus, aber im Prinzip trug ich monatelang diese sehr dicken Pullover bei uns in der Wohnung. Eine meiner Freundinnen sprach mich in der Vergangenheit einmal zaghaft auf meine dicken Pullover an. Vielleicht hatte ich zufälligerweise bei ihren Besuchen in unserer Wohnung immer ein und denselben Pullover an, jedenfalls fragte sie mich mit großen Augen: „Habt ihr diesen Winter eigentlich genug Holz zum Heizen?" Und dabei sah sie so ängstlich aus, dass ich lachen musste. Dann fragte ich zurück: „Wie kommst du darauf, dass wir vielleicht nicht genug Holz haben könnten?" Sie drehte sich kommentarlos zu dem kalten Schwedenofen in unserem Esszimmer um, dann warf sie mir einen nachdrücklichen Blick zu. Ich musste wieder lachen und sagte: „Nein, nein, du kannst ganz unbesorgt sein, wir haben mehr Holz, als wir den Rest unseres Lebens noch verfeuern könnten." Meine Freundin schaute auf meinen dicken Pullover und sah aus, als wenn sie mir nicht glauben würde. Dann nahm sie ihre über den Esszimmerstuhl gehängte Winterjacke, zog sie umständlich an und erst dann begann sie, ihren Kaffee zu trinken. „Du machst dir ja richtig Sorgen um mich", rief ich fröhlich aus. „Komm mit, ich will dir was zeigen", fuhr ich fort. Ich stand auf, holte meine Autoschlüssel aus dem Flur, deutete auf die noch fast vollen Kaffeetassen auf dem Esszimmertisch und sagte zu ihr: „Wir können später frischen Kaffee kochen, wenn wir von unserem kleinen Ausflug zurück sind." Dann zog ich sie von ihrem Stuhl hoch und wir verließen zusammen die Wohnung. Wir fuhren in einen Nachbarort zu einer von uns gepachteten, riesigen Scheune. Meine Freundin sah mich verständnislos an und fragte: „Was wollen wir hier, Hilde?" Ich antwortete ihr nicht, sondern lachte nur, parkte mein Auto und stieg zusammen mit ihr aus. Wir gingen die paar Schritte zur Scheune hinüber, dann bat ich sie, kurz zu warten, zwängte mich durch eine kleine Seitentür, entriegelte kurz darauf von innen das große Scheunentor und schob es unter riesiger Kraftanstrengung ein Stück auf. Meine Freundin starrte durch die Öffnung in das Innere der im Halbdunkel liegende Scheune hinein und sagte kein Wort. Ich trat aus der Scheune heraus, stellte mich neben sie und schwieg ebenfalls. Vor unseren Augen lag ein unendliches Meer von Holz. Fein säuberlich, akkurat gespaltenes und aufgeschichtetes Holz. Das Innere der Scheune glich von seinen Ausmaßen her einer mittelalterlichen Kathedrale. Meine Freundin schwieg weiter und endlich, nach langen Minuten, schaute sie mich verstört an. Dann erklärte ich es ihr und sagte: „Er will es nur besitzen und wenn er dann so viel davon hat, also viel mehr als er zum Heizen braucht, dann will er nichts mehr davon hergeben. Das ist wohl seine Natur." Sie schwieg immer noch und sah mich ratlos an. Langsam ungeduldig werdend rief ich aus: „Versteh doch endlich. Er ist halt ein echter Schwabe."

Spaziergängerin

Ich kenne sie nur vom Sehen und finde, dass sie unsympathisch aussieht. Sie ist aschblond und hat einen harten, missgünstigen Zug um den Mund. Aber sie begegnet mir phasenweise ständig in meinem kleinen Leben. Manchmal habe ich monatelang Ruhe vor den Begegnungen mit ihr, dann wiederum treffe ich sie fast täglich. Einfach nur, weil ich das Haus verlasse. Entweder fährt sie gerade mit ihrem Fahrrad durch unsere Straße oder sie biegt an dem Laden, in den ich gerade zum Einkaufen gehen will, um die Ecke. Und jedes Mal starrt sie mich an. Sie fixiert mich schon von weitem mit ihren Augen und ich denke, ein objektiver Betrachter dieser Szene könnte auf die Idee kommen, sie möchte mich am liebsten aus dem Weg räumen. Buchstäblich. Sie erträgt offenbar meinen Anblick nicht, andererseits kann sie aber den Blick auch nicht von mir lassen. Es scheinen ambivalente Gefühle durch diese Frau zu strömen, wenn sie mich sieht. Manchmal finde ich es lustig, dann wieder befremdlich.

Heute traf ich sie wieder einmal. Nachdem ich mein Auto geparkt hatte, ging ich über den Parkplatz zu unserem Haus herüber. Sie kam mir auf der anderen Seite des Bürgersteiges entgegen. Ich lächelte still vor mich hin, nahm aus den Augenwinkeln wahr, dass sie mich wieder einmal mit starren Augen taxierte und setzte unbeirrt meinen Weg auf meiner Seite des Bürgersteiges fort. Dann stieg ich die Treppen zu unserem Haus hoch. Ich suchte mit meiner Hand in meiner Manteltasche nach meinem Briefkastenschlüssel, und während ich noch so dastand und in meiner Tasche herumkramte, sah ich auf den Rücken der sich mittlerweile in anderer Richtung von mir weiter entfernenden Spaziergängerin. Aber das musste sie gespürt haben, denn plötzlich drehte sie sich um und schaute mich an. Und da, in diesem Moment, wurde mir endlich klar, was diese Frau eigentlich von mir wollte: Sie möchte meine Freundin sein.

Kindheit

Ich sah das neugebaute Haus mit dem riesigen Garten und einer klotzigen Garage nebendran immer dann, wenn ich zu Fuß meine Runde um den Sportplatz drehte. Und jedes Mal, wenn ich also an diesem Haus vorbeikam, fragte ich mich, warum die Leute keine Fenster in das Haus eingebaut hatten. Es gab in diesem Haus nur Lichtschachte. Einige wenige Schlitze, lang und schmal, durch die ein wenig Licht in das Innere hereinströmen konnte. Auf jeder der vier Hausseiten waren nur diese schmalen Schlitze zu sehen und sonst nur Beton. Vielleicht hatten die Bewohner des Hauses Angst vor Beobachtungen durch andere Menschen, andererseits war dann nicht zu erklären, warum ihr riesiger Garten keine Sichtschutzhecken aufwies oder einen meterhohen, blickdichten Zaun, denn man konnte den Garten von der Straße aus bis in den hintersten Winkel einsehen. Und auch die klotzige Garage mit dem darinstehenden Porsche stand immer offen, wenn ich zufällig daran vorbeilief. Nun lebten

wir im Schwarzwald und nicht gerade auf einer Ferienin-
sel, wir hatten keine superheißen Sommermonate zu erwarten, wenn sich natürlich auch bei uns der Klimawan-
del mehr und mehr bemerkbar machte. Doch auch noch
nicht so stark, dass wir, wie im südlichen Europa, schon
früh morgens die Fensterläden hätten schließen müssen,
um die Sonne und die damit verbundene Hitze auszusper-
ren. Denn das wäre ja dann eine logische Erklärung für
die schmalen Schlitze gewesen. Während ich mir also
viele Monate lang den Kopf darüber zerbrach, warum
Menschen Häuser ohne Fenster bauten, hörte ich eines
Tages zufällig, als ich wieder einmal in die Nähe des
Hauses kam, wie zwei Männer auf der Straße vor dem
Haus standen und sich miteinander unterhielten. Der eine
sagte zu dem anderen: „Denk daran, mein Freund, es ist
nie zu spät, selber eine glückliche Kindheit gehabt zu haben." Der andere nickte, deutete dann mit dem Zeigefinger auf das Haus mit den Lichtschlitzen und antwortete:
„Ich durfte als Kind nie die Jalousien in meinem Zimmer
herunterlassen. Meine Mutter hatte es mir strikt verboten,

sie wollte es einfach nicht. Und aus diesem Grund konnte ich während der Sommermonate als kleiner Junge immer erst einschlafen, wenn es dunkel wurde. Jetzt, so viele Jahre später, habe ich mir ein Haus ohne Fenster gebaut. Ich hole meine Kindheit nach und mache sie mir nun so richtig schön."

Die Überraschung

Meine Freundin Rosa hat mir heute eine Geschichte erzählt. Sie war sehr aufgeregt und durcheinander über die
erlebten Ereignisse der letzten Tage, so dass sie sich während ihrer eigenen Erzählung immer und immer wieder
verhedderte. Sie musste ein paar Mal von vorne anfangen, weil sie den Faden in ihrer eigenen Geschichte verloren hatte. Also, alles fing am letzten Sonntag wohl damit an, dass ihr Neffe einen Krankenwagen gerufen hatte,
weil seine Frau vor seinen Augen zusammengebrochen
war. Da er wohl den Eindruck gehabt haben musste, sie
müsse sterben, weil sie so furchtbar stöhnte und immer
wieder aufschrie, durchlebte er nach Angaben seiner
Tante schreckliche Minuten beim Anblick seiner sich auf
dem Teppich vor seinen Augen herumwälzenden Ehefrau. Als dann ein Notarzt eintraf, der mit einem Blick
sofort die Ursache für den Zusammenbruch erkannte,
blieb gerade noch genug Zeit, dem jungen Mann zu versichern, dass hier nicht gleich ein Tod eintreten werde,

sondern das genaue Gegenteil desselben. Und dann erblickte kurz darauf, auf der rasanten Fahrt ins Kreiskrankenhaus, noch im Krankenwagen ein kleines Mädchen das Licht der Welt. Als man dem Ehemann auf der Geburtsstation dann von dem freudigen Ereignis in Kenntnis setzte und ihm zu seiner kleinen Tochter gratulierte, stritt er kalkweiß im Gesicht und mit einem Ausdruck, als sei er vom Leibhaftigen gestreift worden, ab, dass solch eine Möglichkeit überhaupt bestehen könne und es sich um ein Missverständnis handeln müsse. Ja, er verweigerte, das Kind und die Mutter überhaupt nur anzuschauen, verließ fluchtartig das Krankenhaus und fuhr zu seiner Tante. Meine Freundin Rosa öffnete auf sein Klingeln die Haustür und sah sich Sekunden später mit dem Schock ihres Lebens konfrontiert. Die angeheiratete Nichte hatte niemandem etwas von der Schwangerschaft erzählt. Sie hatte sie geheim gehalten, war nicht zum Frauenarzt gegangen, es gab keine Besuche bei der Vorsorge und auch keinen Mutterpass. Sie hatte nicht einmal ihrem eigenen Ehemann davon erzählt. Nun hatten sich selbstverständlich alle Menschen, mit denen sie täglich zu tun hatte, die Tante, der Ehemann, die Nachbarn und Freunde, in den vergangenen Monaten darüber gewundert, dass sie immer dicker und dicker wurde. Aber immer, wenn sie gefragt wurde, ob sie vielleicht nicht doch schwanger sein könnte, hatte sie es vehement abgestritten. Die Frage, die nun auftauchte, war, warum sie es getan hatte. Denn sie war glücklich verheiratet, hatte schon ein Kind mit ihrem Mann, war also in diesen Dingen nicht unerfahren. Der junge Ehemann liebte Kinder über alles und wünschte sich noch mehr Nachwuchs zusammen mit seiner jungen Frau. Böse Vermutungen schlichen sich in seinen Kopf. Es konnte nur einen stichhaltigen Grund für das seltsame Verhalten der jungen Mutter geben. Einen unglaublichen Grund. Erschüttert saß er auf dem Sofa seiner Tante und hielt sich beide Hände vor das Gesicht. Und als wenn das alles nicht schon schlimm genug gewesen wäre, meldete sich jetzt auch noch das vom Krankenhaus informierte Jungendamt bei ihm. Da seine Frau die Schwangerschaft geheim gehalten hatte, ging man im Amt davon aus, dass hier ein kleiner Erdenbürger illegales Bleiberecht in Anspruch nehmen wollte. Niedergeschmettert legte er nach dem Telefonat sein Handy aus der Hand. Er starrte seine Tante wortlos an, seine Augen glänzten fiebrig, dann streckte er sich wie tot auf das Sofa hin und schloss die Augen. Seine Tante betrachtete den jungen Neffen, der apathisch dalag und dessen Leben sich scheinbar in ein Trümmerfeld verwandelt hatte. Dann, ganz plötzlich, fing sie an zu lachen. Sie lachte laut und herzlich, es war wie ein Befreiungsschlag für sie. Sie konnte gar nicht mehr aufhören, Tränen liefen ihr über das Gesicht. Ihr Neffe schlug die Augen auf und schaute ungläubig auf die sich vor Lachen schier ausschüttende Tante. Ganz langsam setzte er sich aufrecht auf das Sofa hin. Hatte die Tante jetzt den Verstand verloren? Denn sie lachte immer noch und dann stieß sie unter einigen Lachsalven glucksend aus: „Sie wollte dich mit dem neuen Baby überraschen. Deswegen hat sie uns allen nichts gesagt, einfach damit du dich am Ende umso mehr darüber freust. Eine große, schöne Überraschung wollte dir deine Frau mit deiner zweiten Tochter bereiten." Immer noch saß er starr und unbeweglich auf dem Sofa, dann stand er langsam auf. Er ging zur Wohnzimmertür, drehte sich zu seiner Tante um, die nun nicht mehr lachte und besorgt auf ihren Neffen schaute, und sagte: „Die Überraschung ist ihr gelungen, aber du kannst ihr sagen, dass ich sie nicht haben will, diese Überraschung." Und dann ging er ohne ein weiteres Wort zur Wohnung hinaus.

Schulsachen

Meine Mutter war häufig schlecht gelaunt und genervt von uns Kindern. Vielleicht machten wir Kinder ihr einfach zu viel Arbeit, vielleicht war sie aber auch nicht glücklich mit ihrem Leben als Hausfrau und Mutter. Kam jedoch Besuch zu uns nach Hause, dann wurde sie fröhlich und hatte gute Laune, zumindest so lange, bis der Besuch wieder weg war. Einmal saß ich zusammen mit ihr und meinem Onkel bei uns im Wohnzimmer am Tisch. Wenn ich an diesen frühen Sonntagabend in meiner Kindheit zurückdenke, dann glaube ich heute, dass die beiden über meinen Kopf hinweg miteinander geflirtet haben. Weil ich wohl gespürt haben musste, dass ich für die beiden Luft war, fing ich unvermittelt an, meiner Mutter davon zu erzählen, was ich noch alles an neuen Schulsachen für den Unterricht in meiner Grundschule brauchte, in die ich für mein Leben gern ging. Sie unterbrach das Gespräch mit meinem Onkel, lächelte mich an und hörte mir plötzlich ganz interessiert zu. Auch mein

Onkel schenkte mir, ganz gegen seine Gewohnheit, ein freundliches und aufmerksames Ohr und hörte sich an, was meine Mutter und ich da so miteinander besprachen. Aber dann, nach einigen Minuten, als beide wohl gedacht hatten, sie hätten mir nun genug Aufmerksamkeit geschenkt, fingen sie wieder an, miteinander zu reden und zu lachen und ich war erneut Luft für sie. Eine halbe Stunde später mussten der Onkel dann aufbrechen, und als ich wieder mit meiner Mutter alleine im Wohnzimmer saß, fing ich wieder von den Schulsachen an. Ich zählte ihr noch einmal auf, was ich an Bleistiften, Tintenpatronen, Wasserfarben und Zeichenblöcken so alles benötigte, ganz im Vertrauen auf ihr mütterliches Ohr. Doch zu meiner Überraschung herrschte sie mich nun an, ich solle endlich Ruhe geben und mit der Quengelei und den vielen Wünschen aufhören. Bedrückt verstummte ich und sagte den ganzen Abend lang kein einziges Wort mehr. Meine Mutter bemerkte gar nicht, wie bedrückt und enttäuscht ich war. Und dort in unserem Wohnzimmer verstand ich auf dann auf einmal, dass es ihr im Beisein des Onkels, als sie mir freundlich lächelnd zugehört hatte, gar nicht um mich und meine Schulsachen gegangen war.

Schokoladeneis

Der junge Vater machte mit seiner vierjährigen Tochter eine Fahrradtour. Die Sonne schien warm und es war ein idealer Tag im Frühling für den Ausflug. Die beiden hatten großen Spaß miteinander und lachten viel zusammen. Plötzlich sahen sie nicht weit entfernt eine italienische Pizzeria, die draußen an der Tür eine kleine Werbefahne für Eis hängen hatte. Sofort rief die Kleine: „Papa, ich hätte gerne ein Eis. Bitte kauf mir eins." Der Vater lächelte seine kleine Tochter liebevoll an, nickte und kurz darauf standen sie auch schon in der Pizzeria. Das Mädchen suchte sich ein kleines Schokoladeneis aus der Eiskühltruhe aus und der Vater kramte in seiner Hosentasche nach dem einzigen Geldschein, den er zuhause eingesteckt hatte. Er zog ihn vor den Augen des Restaurantinhabers heraus und sagte entschuldigend: „Es tut mir leid, aber ich habe nur diesen Zwanzig-Euro-Schein dabei, leider kein Kleingeld." Daraufhin riss der Ladeninhaber dem kleinen Mädchen erbost das Eis aus der Hand und warf es zurück in die noch geöffnete Eiskühltruhe. Dann sagte er: „Dann gibt es eben heute kein Eis für das Kind." Verdattert schaute der Vater den Mann an, dann nahm er seine Tochter auf den Arm und verließ wortlos mit ihr die Pizzeria. Draußen fing das kleine Mädchen an zu weinen, weil es das Schokoladeneis haben wollte. Der Vater überlegte, was er jetzt tun könnte, um das Eis vielleicht doch noch zu bekommen. Er ließ die Augen umherschweifen, aber weit und breit war keine Bank zu sehen, bei der er seinen Geldschein hätte wechseln können. Und außer der Pizzeria gab es auch keinen Supermarkt oder ein Café. Dann schaute er in das von Tränen verschmierte Gesicht seiner Tochter und plötzlich musste er keine Sekunde lang mehr überlegen. Sein kleines Mädchen an der Hand marschierte er wieder in die Pizzeria, knallte dem Mann seinen Geldschein auf die Eiskühltruhe und rief: „Ich möchte für zwanzig Euro Schokoladeneis am Stil kaufen." Der Restaurantbesitzer schaute den Vater schweigend an, dann nickte er beflissen und holte zwanzig kleine Schokoladeneis aus der Truhe. Er legte sie alle zusammen in einen Karton und stellte diesen auf die Eiskühltruhe vor den Vater. Der schaute seine kleine Tochter an, lächelte, nahm den Karton und kurz darauf saßen beide neben ihren abgestellten Fahrrädern am Wegesrand und aßen jeder ein Schokoladeneis. Als nach ein paar Minuten ein Radfahrer an ihnen vorbeifuhr, fragten sie beide ihn, ob er vielleicht auch Lust auf ein Schokoladeneis habe.

Ausflug mit Kind

Sie saß mit ihrer kleinen Tochter in der S-Bahn. Das Mädchen hielt eine Tierpostkarte in der einen Hand und aß ein mitgebrachtes Butterbrot aus der anderen Hand. Eine ältere Dame saß der jungen Mutter und dem Kind auf der Fahrt gegenüber und lächelte beide freundlich an. Das dreijährige Mädchen schaute in das Gesicht der Frau und deutete mit dem Butterbrot in der Hand auf die Tierpostkarte, auf der zwei junge Löwen abgebildet waren, dann sagte sie stolz zu ihr: „Ich war heute mit Mama im Zoo und wir haben dort alle Tiere angeschaut. Und dann hat Mama mir noch diese Postkarte gekauft." Die Frau lachte und war ganz entzückt von der Kleinen und fing an, sich mit ihr zu unterhalten. Dabei musterte sie verstohlen die Kleidung der Mutter und ließ ihren Blick dann über den Kinderanorak und das dazu passende Mützchen gleiten. Alle beide machten so einen gepflegten und adretten Eindruck. Sicher war auch der junge Vater ein wohlerzogener und fürsorgender Ehemann, der

leider aus irgendeinem wichtigen Grund an diesem schönen Sommertag nicht an dem kleinen Familienausflug
teilnehmen konnte, überlegte sie. Sie lachte und scherzte
während der ganzen Fahrt mit dem Kind, währenddessen
die junge Mutter freundlich dreinblickend schwieg.
Plötzlich sagte die Kleine, die offensichtlich Zutrauen zu
der älteren Dame gefasst hatte, ganz offenherzig: „Papa
ist heute bei seiner Freundin, deswegen sind Mama und
ich alleine in den Zoo gefahren." Einen Moment lang
schaute die Dame das Kind überrascht an, dann streifte
sie die Mutter mit einem Seitenblick, die kurz lächelte
und weiter schwieg. Und dann sagte die ältere Frau zu
dem Kind: „Der Papa von meiner Tochter war auch hin
und wieder bei seiner Freundin, und dann bin ich, genau
wie du und deine Mama, auch alleine mit ihr in den Zoo
gegangen. Und weißt du was, es hat uns gar nichts aus-
gemacht." Die Kleine nickte und strahlte über das ganze
Gesicht, dann kaute sie weiter ihr Butterbrot. Die junge
Mutter schaute auf und sie und die ältere Dame sahen

sich für einen Moment lang schweigend in die Augen. Und dann fingen beide an zu lachen.

Muschelsuche

Das kleine Mädchen lief barfuß mit ihrem blauen Plastikeimer am Arm zwischen dem Strandkorb, in dem ihre Mutter saß und las, und den anderen Strandkörben umher und suchte Muscheln im Sand. Am liebsten hatte sie die kleinen Herzmuscheln, aber sie durften nicht grob beschädigt sein. Mit den Augen auf dem Sandboden, ein kleines Sonnenhütchen auf dem Kopf, lief sie mal zur Wasserkante und dann wieder zurück in die Nähe der Mutter. Aufgezogenen Fahnen flatterten fröhlich im leichten Sommerwind und die Seile am Fahnenmast klapperten ihr Lied dazu. Sie entfernte sich bei ihrer Suche mehr und mehr von dem Familienstrandkorb mit der Mutter und lief immer nur den schönsten Muscheln, die sie in der Sonne im Sand aufleuchten sah, hinterher. Hin und wieder wusste sie gar nicht, wohin sie zuerst schauen sollte und griff fieberhaft vor Freude über die gefundenen Schätze in den warmen Sand. Sie ließ die bunt gefärbten

Muscheln dann voller Besitzerstolz in ihren kleinen Plastikeimer gleiten. Nach einer ganzen Zeit stellte sie fest, dass sie plötzlich allein am Strand war. In großer Entfernung sah sie unscharf die bunt gestreiften Strandkörbe stehen, und sonst waren um sie herum nur Sand, Muscheln, ein paar kreischende Möwen und die blau im Sonnenlicht schimmernde Ostsee. Einen Moment lang zögerte sie, ob sie noch weiterlaufen sollte. Die Versuchung war groß, es gab noch so viele Muscheln anzuschauen und aufzusammeln. Sie schaute in das Eimerchen, griff mit der kleinen Hand hinein und ließ die Muscheln durch die Finger gleiten. Doch dann drehte sie sich mit einem Ruck um und lief in Richtung der kleinen bunten Flecken zurück, denn dort wartete die Mutter.

Der Kaffeevertreter

Er kam regelmäßig alle vier Wochen immer dienstags zu uns. Pünktlich um sieben Uhr betrat er das kleine Stadthotel, in dem ich angestellt war, und bekam von mir dann jedes Mal einen großen Becher schwarzen Kaffee serviert. Seinen Kaffee quasi, denn er belieferte uns ja mit diesem. Während er seinen Kaffee trank, tauschten wir zusammen Neuigkeiten aus, und dann, nachdem er seinen Becher Kaffee getrunken hatte, verließ er mich wieder. Natürlich nicht ohne vorher noch zu fragen, ob ich für die nächste Zeit Kaffee für meine Gäste bräuchte. Und das war ja schließlich auch seine Aufgabe, uns mit Kaffee zu beliefern. Als wir wegen der Corona-Pandemie kaum noch Gäste in unserem kleinen Hotel beherbergen durften, höchsten ganz vereinzelt mal einen Monteur oder einen Geschäftsreisenden, kam er immer noch ganz regelmäßig. Und nicht nur alle vier Wochen, wie wir es jahrelang von ihm gewohnt waren, er kam jetzt plötzlich wöchentlich. Und er blieb, manchmal stundenlang. Das war ungewöhnlich. Und er redete dann, während er zwischendurch seinen Kaffee trank, wie ein Wasserfall. Irgendwann in dieser Zeit hörte er auch auf zu fragen, ob wir vielleicht noch Kaffee bräuchten, denn es war ihm wohl bewusst, dass er neben den sehr wenigen Gästen der Einzige war, der überhaupt noch Kaffee in unserem kleinen Stadthotel trinken wollte. Allen anderen war wegen der nun schon sehr lange andauernden Virusbedrohung im Land die Lust auf Kaffee vergangen. Nicht ihm. Stoisch kam er und trank Kaffee, als wenn nichts wäre und er erzählte Geschichten. Endlos lange Geschichten aus seinem Leben, aus seinem Berufsalltag als Kaffeevertreter, von seinen Kindern und seinen Hobbys. Nach geschätzten hundert Kaffeebechern wusste ich, dass er viermal verheiratet war, alleine lebte und fünf Kinder aus diesen Ehen hatte. Dass er schon Marathon gelaufen war, in seiner Freizeit gerne angelte und bei der Arbeit einen Mercedes Sprinter fuhr. Und während er mir dies alles so beim Kaffeetrinken in unserem kleinen Stadthotel erzählte, schaute er mir tief in die Augen. An einem dieser vielen Dienstage wurde mir schlagartig klar, dass er nicht nur zu uns in das kleine Stadthotel kam, weil er als Kaffeevertreter derzeit nicht viel zu tun hatte und praktisch arbeitslos war. Also ungewollt über viel freie Zeit verfügte, die er totschlagen musste, bis es hoffentlich irgendwann einmal wieder losgehen würde in der Gastronomie in Deutschland. Und damit auch für ihn und er dann mit seinem Mercedes Sprinter wieder flott im Ländle herumfahren konnte, so wie früher auch, um die vielen Hotels mit Kaffee zu beliefern. Nein, er kam, um bei mir Kaffee zu trinken und mir diese Geschichten zu erzählen. Diese späte Erkenntnis haute mich um, denn für mich war er unser Kaffeevertreter. Und seine Aufgabe sollte es doch sein, uns mit Kaffee zu beliefern. Und mehr sollte ein Kaffeevertreter von seiner Kundschaft auch nicht wollen, so jedenfalls sah ich die Sache. Gut, bei Vertreterbesuchen war es durchaus üblich ein Schwätzchen miteinander zu halten und dabei einen Kaffee zu trinken. Aber alles hatte doch Grenzen. Wo kämen wir denn da hin, wenn jeder sich einfach so vergäße?

Nach seinem letzten Besuch war ich in den Tagen bis zum nächsten Dienstag innerlich in Aufruhr. Ich überlegte hin und her, wie ich das Unvermeidliche, was sich in seiner Gestalt auf mich zubewegte, noch abwenden könnte. Doch bei aller Grübelei fiel mir einfach nichts ein. Der Dienstag brach an und ich stand also in unserem kleinen Stadthotel und blickte bang auf die Zeiger der Wanduhr im Frühstücksrestaurant. In wenigen Minuten würde er in unser kleines Hotel marschieren und seinen Kaffee trinken wollen, hier bei mir. Es wurde sieben Uhr und er kam nicht. Auch nicht um halb acht und nicht um acht Uhr. Um neun war mir klar, dass er an diesem Dienstag nicht erscheinen würde. Etwas erleichtert beendete ich meinen Dienst und schloss das Frühstücksrestaurant ab. Am nächsten Dienstag kam er auch nicht und auch nicht in der Woche darauf. Er kam gar nicht mehr, nie mehr. Er war verschwunden, einfach so, wie vom Erdboden verschluckt. Nach einer ganzen Zeit kam ein neuer Kaffeevertreter, um sich bei uns im Stadthotel vorzustellen. Auch er wusste nicht, was aus seinem Vorgänger geworden war. Sein Verschwinden war und blieb ein Rätsel. Und heute, nach so vielen Jahren, ertappe ich mich manchmal dabei, dass ich dienstags im Frühdienst, wenn der Zeiger der Wanduhr sieben Uhr anzeigt, an ihn denken muss. Und ich glaube, dass ihm das gefallen hätte.

Polnische Hochzeit

Meine Schwester hat eine Studentenkneipe und wegen der Corona-Pandemie ist die natürlich seit Monaten geschlossen, so wie überall Kneipen, Hotels, Cafés und Restaurants in Deutschland geschlossen sind. Aber sie darf ihre Gäste wenigstens mit einem Take-Away-Service bedienen und darüber ist sie sehr froh, denn sonst ginge mit aller Wahrscheinlichkeit bald das Licht für immer in ihrer Kneipe aus. Trotz dieses ganzen Ärgers mit dem Corona-Virus und den damit verbundenen Konsequenzen hatte sie jetzt aber auch noch im Keller des Hauses, in dem sich ihre Kneipe befand, ein Feuchtigkeitsproblem, das dringend behoben werden musste. Nachdem sich der Vermieter nach endlosen Telefonanrufen endlich bereit erklärt hatte, den Schaden im Keller seines Hauses durch eine Fachfirma beseitigen zu lassen, dachte meine Schwester, dieses Feuchtigkeitsproblem sei nun schon halb erledigt, aber sie musste zu ihrem großen

Schrecken feststellen, dass die Probleme mit den Handwerkern der beauftragten Firma erst wirklich anfangen
sollten. Ihr Vermieter war nämlich ein geiziger, schon in
die Jahre gekommener Mann, der mit den Vermietungen
in seinen Wohnungen und Häusern nur Geld verdienen
und nicht Geld in sie investieren wollte. Das widersprach
seiner Auffassung von Besitzverhältnissen. Also engagierte er, schlau wie er war, zwei polnische Allrounder,
die, für sehr viel weniger Geld als eine deutsche Fachfirma für die Erledigung eines solchen Auftrages einge-
fordert hätte, nun bei ihm arbeiteten. Sie machten ihre
Sache gut und kamen flott voran und deswegen entschlossen sich die beiden dazu, an einem Wochenende
nicht auf der Baustelle im Keller zu arbeiten, sondern
nach Hause, nach Polen auf die Hochzeit eines Verwandten zu fahren. Gesagt, getan. Sie feierten fröhlich mit einhundert Gästen und fuhren dann am Sonntag wieder zurück in die Stadt, in der die Baustelle auf sie wartete.
Doch blöderweise hatten sie auf der Rückfahrt mit dem

Wagen eine Reifenpanne und mussten den ADAC herbeirufen. Der Mann vom ADAC kam, lud das Auto der beiden geschickt auf seinen Anhänger und bot den beiden Männern an, bei ihm einzusteigen und mitzufahren. Zurück in der Stadt machten sie zur Sicherheit einen Corona-Selbsttest, den sie in der Apotheke erstanden hatten, und schauten dann beide verblüfft auf das angezeigte Ergebnis. Sie waren beide positiv. Nun war guter Rat teuer, aber es half alles nichts, sie wollten nichts riskieren, riefen beim Städtischen Gesundheitsamt an und der Corona-Nachverfolgungsweg nahm seinen bürokratischen Lauf. Und während die Baustelle im Keller der Kneipe nun für die Zeit der Quarantäne zum großen Verdruss ihres Auftraggebers ruhen musste, wurden alle einhundert polnischen Hochzeitsgäste zum Corona-Test gebeten und auch der ADAC Mann musste sich testen lassen. Das erfreuliche Ergebnis aus Polen war, dass niemand der Hochzeitsgäste mit Corona infiziert war. Der ADAC Fahrer, der nette hilfsbereite Mann, war der Überträger des Virus. Er wusste nicht, dass er Corona hatte und fiel aus allen Wolken, als er vom Gesundheitsamt darüber informiert und zum Test vorgeladen wurde. „Nun, das ist wirklich Ironie des Schicksals", sagte meine Schwester am Telefon zu mir und fuhr fort: „denn wenn der Mann vom ADAC auch den beiden Handwerkern mit ihrer Autopanne behilflich war, mir hat er großen Schaden eingebrockt, denn das Gesundheitsamt will jetzt meine Kneipe schließen." „Aber warum?", fragte ich. Denn die beiden Handwerker hatten ja nur auf der Baustelle im Keller zu tun und nichts mit dem Take-A-way-Service der Kneipe meiner Schwester. „Ja, weißt du," antwortete meine Schwester frustriert „für das Gesundheitsamt haben wir jetzt zwei Corona-Fälle im Haus, ob im Keller oder in der Kneipe, das Haus ist ein- und dasselbe." „Ja, aber die beiden haben den Keller seit ihrer Rückkehr doch noch gar nicht wieder betreten, das Virus hatte doch eigentlich noch gar keine Möglichkeit, ins Haus zu gelangen." Meine Schwester schwieg einen Moment lang am Telefon, dann sagte sie: „Das ist doch dem Gesundheitsamt egal."

Autofahrt

Er war erst vierzehn. Und er liebte schnelle Autos. Schon oft hatte er sich ausgemalt, wie es sein würde, die Autoschlüssel seines Vaters zu nehmen und einfach loszufahren. Loszubrausen. Am Steuer des BMW zu sitzen und über die Landstraßen zu rasen. Aber es war noch eine lange Zeit, bis er endlich seinen Führerschein machen durfte. Drei Jahre musste er noch darauf warten, für ihn eine Ewigkeit. Vor einer Stunde waren seine Eltern an diesem Abend in die Stadt ins Theater gegangen. Der BMW stand in der Garage. Niemand würde etwas bemerken. Und wenn seine Eltern am späten Abend zurück nach Hause kommen würden, läge er längst wieder in seinem Bett und schliefe. Er musste keine Sekunde länger mehr überlegen, die Gelegenheit war einfach zu günstig. Schnell stand er auf, zog seinen Jogginganzug an, nahm die Autoschlüssel von der Wandkonsole im Flur und ging hinunter in den Keller des Hauses. Vom Keller ging er in die Garage hinüber, stieg in das Auto des Vaters ein und drückte den Knopf am Gerät für die automatische Öffnung des Garagentors, das sich langsam und leise vor seinen Augen öffnete. Mit einem Lächeln auf dem Gesicht startete er den Wagen und fuhr aus der Garage hinaus bis zur Toreinfahrt des Grundstücks. Er stoppte, setzte den Blinker und bog langsam in die Straße des Wohnviertels ein, in dem er mit seinen Eltern lebte. Er konnte fahren, manchmal hatte er mit seinem Vater und seinem älteren Cousin heimlich auf einsam gelegenen Straßen am Waldrand geübt. Das Bedienen der Gangschaltung, der Pedale, der Blick in den Rück- und Außenspiegel, all das beherrschte er im Schlaf. Er fuhr durch kleinere Nebenstraßen zur Stadt hinaus und auf der Bundesstraße angekommen, da gab er Gas. Er drehte das Radio laut, der Tachometer zeigte 100 Stundenkilometer an. Er spürte gar nicht, wie schnell er fuhr, so leise und leicht flog der BMW über die Straße. Es waren kaum Autos unterwegs, nur ein Audi fuhr vor ihm in der Spur, den überholte er. Dann gab er wieder Gas. Jetzt zeigte der Tacho einhundertdreißig Stundenkilometer an. Er war wie berauscht.

Der Wagen seines Vaters mit den eleganten schwarzen Ledersitzen, das Gefühl erwachsen zu sein, frei zu sein, hinfahren zu können, wohin er wollte. Die Scheinwerfer am Wagen waren so stark, dass sie die Straße vor ihm fast taghell in der Dunkelheit erleuchteten. Er gab noch mehr Gas, niemand konnte ihn aufhalten, niemand stoppen auf dieser wilden ersten Autofahrt. Gleich würde er auch schon wieder umdrehen und nach Hause zurückfahren. Aber er musste noch einmal richtig Gas geben. Nur einmal noch. Ein Blick auf den Tachometer zeigte ihm, dass er nun fast einhundertachtzig Stundenkilometer fuhr. Obwohl die Musik aus dem Lautsprecher dröhnte, hörte er plötzlich einen Hubschrauber in der Luft über ihm kreisen. Und auch seine Lichter sah er in der Dunkelheit am Himmel leuchten. Es war ein Polizeihubschrauber, aber er konnte die rasende Fahrt einfach nicht stoppen. So im Wagen auf der Bundesstraße dahinzurasen war ein unbeschreibliches Gefühl. Es durchströmte ihn, durchströmte seinen ganzen Körper. Es war wie Fliegen, fast meinte er, selber gleich in die Luft abzuheben.

Alles schien ihm in diesem Moment möglich. Im Rück-spiegel sah er jetzt ein Polizeiauto mit eingeschaltetem Blaulicht, dahinter ein zweites. Auf der Gegenfahrbahn noch in weiter Ferne sah er ebenfalls Blaulicht auf ihn zukommen. Der Hubschrauber kreiste über ihm, er wusste, dass er seinetwegen da oben in der Luft war. Ei-nen langen Moment kostete er noch diesen Rausch aus, dann nahm er seinen Fuß vom Gaspedal. Und allmählich, ganz allmählich wurde der BMW langsamer. Doch egal welche Strafe er nun zu erwarten hatte, von der Polizei und von seinen Eltern. Tief im Herzen wusste er, dass sein Vater und sein Cousin, dass beide verstehen würden, warum er das Auto aus der Garage geholt hatte und los-gefahren war.

Im Treppenhaus

Die Familie mit zwei Kindern kam von ihrem Wochenendeinkauf zurück nach Hause. Das große Auto war vollbeladen und alle vier begannen mit lautem Getöse und Türenknallen die unzähligen Einkaufstüten aus dem Wagen heraus- und ins Haus zu schleppen. Als ich aus meiner Wohnung trat und runter in den Eingangsbereich unseres Mehrfamilienhauses kam, türmten sich vor meinen Augen schon eine Unmenge von Kartons und Stoffbeuteln. Es sah wirklich nicht aus wie ein gewöhnlicher Wochenendeinkauf für eine vierköpfige Familie, sondern eher wie ein Sondertransport für ein Übungs-Camp der Bundeswehr mit sehr vielen Teilnehmern. Ich brachte mein Päckchen mit Biomüll hinter unser Haus und kam anschließend wieder zurück in den Eingangsbereich. Dann fragte ich einem plötzlichen Impuls folgend die Mutter der Familie, die sich gerade mit einem großen Karton voller Weinflaschen durch die Haustür quälte, ob ich vielleicht beim Hinaufgehen in meine eigene Wohnung etwas mithochtragen solle. Die Nachbarin, die krebsrot vor Anstrengung mit Schweißperlen auf der Stirn schon mehr als angestrengt aussah, lachte laut und geziert über den Rand ihrer knallroten Plastikbrille hinweg und antwortete: „Nein, nein. Das machen meine Kinder, mein Ehemann und ich immer alleine. Das hält uns fit, das Treppensteigen." Ich nickte langsam, schaute noch einen Augenblick zweifelnd auf die riesige Menge der angesammelten Einkäufe und ging wieder die Treppen zu meiner Etagenwohnung hoch. Da es wohl weniger um das familieneigene Fitnessprogramm ging als vielmehr darum, dass die Mutter einfach nicht wollte, dass ich sah, was sie da so alles aus dem Supermarkt mit nach Hause gebracht hatten, nahm ich die Ablehnung der freundschaftlich gemeinten Nachbarschaftshilfe eben hin. Das Zusammenleben mit diesen Leuten zeichnete sich ohnehin seit Jahren dadurch aus, dass alle vier sich im täglichen Zusammenleben einer Mehrfamilienhaus-

gemeinschaft regelrecht vor den anderen Hausmitbewohnern abschotteten. Sie schlüpften beim Hinein- und Hin-
ausgehen immer durch eine nur spaltbreit geöffnete
Wohnungstür und schlossen die Türgardinen von innen
sofort wieder blickdicht, so dass nie auch nur der Hauch
eines Lichtscheins hinausdrang. Die Fensterläden ihrer
Wohnung im ersten Stock unserer alten Villa, wurden im
Sommer wie im Winter schon am Spätnachmittag fest
verschlossen, so dass die Wohnung von außen betrachtet
dann aussah, als wenn sich die Familie darin gegen einen
möglichen terroristischen Angriff verschanzt habe. Sie
bekamen nie Besuch und auch die Kinder brachten keine
Freunde zum Spielen mit nach Hause. Wenn der Vater
nicht zur Arbeit und die beiden Kinder nicht zur Schule
gemusst hätten, wären sie aller Wahrscheinlichkeit nach
nur an diesem einen Tag in der Woche, am Samstag, alle
zusammen für den Einkauf einige Zeit aus dem Haus gegangen. Nun ist es für manche Familien sicher wichtig,
das Familienleben zu zelebrieren. Aber barg es nicht
auch Gefahren, sich komplett von der sozialen Welt zu

isolieren? Wenn Kinder einen Großteil ihres Lebens nur in ihrem Wohnzimmer verbringen, welche Bedeutung hat dann das Familiensofa für sie? Oder die Stehlampe? Wieder oben in meiner Wohnung musste ich durch die geschlossene Tür noch eine weitere halbe Stunde das treppauf und treppab der vier Nachbarn mitanhören. Dann war Ruhe. Ich legte mich auf mein Bett und begann in meinen neuen Roman zu lesen, als ich plötzlich durch das ohrenbetäubende Zuschlagen einer Wohnungstür im Haus aufgeschreckt wurde. Die Wohnungstür wurde aufgerissen und kurz darauf mit dröhnendem Knallen wieder zu gedonnert, um Sekunden später erneut aufgerissen und anschließend laut ins Türschloss krachend wieder zugeschlagen zu werden. Dazwischen rief jemand im Hausflur etwas mit lauter, monoton klingender, Stimme, was ich anfangs nicht verstehen konnte. Es klang so, als wenn immer nur ein einziges Wort ausgestoßen würde, aber weil es so verzerrt und schrill klang, wusste ich nicht, wo es herkam. Vielleicht aus einem Radio, doch plötzlich konnte ich es verstehen. Jemand schrillte immer wieder das Wort „Ordnung" durch das Treppenhaus. Nach Augenblicken des unschlüssigen Abwartens wurde ich langsam unruhig. Das Verhalten in unserem Hausflur war nicht nur unhöflich den anderen Hausmitbewohnern gegenüber, es war auch in höchstem Maße untypisch für die Familie mit den zwei Kindern, die unter mir wohnte. Denn mir war klargeworden, dass es sich um deren Wohnungstür handeln musste, die da so laut aufgerissen und wieder zugeschlagen wurde. Ich ging also in den Hausflur und schaute durch die Holzstäbe des Treppengeländers eine Etage tiefer zur Wohnung der Familie unter mir. Starr vor Schreck wurde ich Zeuge eines unglaublichen Szenarios. Vor der Wohnungstür meiner Nachbarn türmten sich die vielen Einkaufsbeutel und Plastiktüten und überall auf dem Treppenabsatz kullerten zahllose Weintrauben und Mandarinen herum. Und mittendrin stand die sonst stets so beherrschte Mutter der Familie, stapfte mit den Füßen auf dem Obst herum, fuchtelte unkontrolliert mit ihren Armen in der Luft und stieß mit schrecklich verzerrter Stimme unaufhörlich das Wort

„Ordnung" aus. Hinter ihr stehend sah ich ihren Mann und die beiden Kinder, die zusammen blass und hilflos auf die außer sich geratene Mutter starrten. Ohne Nachzudenken holte ich mein Handy aus meiner Hosentasche und rief einen Krankenwagen. Dann stieg ich die Treppe runter, nahm die beiden Kinder an die Hand und brachte sie hoch in meine Wohnung. Ich setzte sie vor den Fernseher und ging anschließend wieder zu dem Ehepaar, die beide noch genau das taten, was sie ein paar Minuten vorher auch getan hatten. Eine halbe Stunde später war es vorbei. Nachdem der Krankenwagen mit der Mutter davongefahren war, half ich meinem Nachbarn, die verstreut herumliegenden Mandarinen und Weintrauben einzusammeln. Keiner von uns beiden sagte ein Wort. Als ich ihm die Tüte Obst reichte, richtete er sich auf und sah mich an, dann zuckte es um seine Mundwinkel herum. Er öffnete den Mund, als wenn er etwas sagen wollte, dann schloss er ihn hilflos wieder, und so stand er einfach stumm dort auf dem Treppenabsatz vor seiner Wohnung und verstand die Welt nicht mehr.

Der verstorbene Bruder

Sie haben seit Jahrzehnten keinen Kontakt mehr miteinander. Durch einen bösen Streit hatten sie sich entzweit und dann hat keiner von beiden versucht, wieder auf den anderen zuzugehen. In all den Jahren nicht. Nun ist der ältere Bruder verstorben. Der Jüngere hat die Nachricht von seinem Tod vor ein paar Tagen in seinem Briefkasten gefunden. Jetzt ist er wirklich nicht mehr da. Nicht nur nicht mehr in seinem Leben, sondern gar nicht mehr auf dieser Welt. Und er wird auch nicht zurückkommen für ein letztes Lebewohl. Die alte Wunde reißt auf und auch der Schmerz ist wieder da. Er sucht Erklärungen für sein eigenes Handeln. Warum er ihn nicht einmal angerufen hat in all der Zeit, den Bruder. Nur einmal kurz gefragt, wie es ihm geht und was er macht. Beim Anblick im Spiegel versteht er sich jetzt selber nicht mehr. Es ist zu spät. Unwiderruflich. Und jetzt tut es ihm leid. Sehr sogar.

FSC
www.fsc.org
MIX
Papier | Fördert
gute Waldnutzung
FSC® C083411

Zeitfracht Medien GmbH
Ferdinand-Jühlke-Straße 7
99095 Erfurt, Deutschland
produktsicherheit@kolibri360.de